वस्तुनिष्ठ हिन्दी

(Objective Hindi)

समस्त भारतीय विश्वविद्यालयों की स्नातक एवं स्नातकोत्तर परीक्षाओं एवं समस्त प्रतियोगिता परीक्षाओं के लिए समान रूप से अत्यंत उपयोगी पुस्तक

डॉ. ब्रज किशोर प्रसाद सिंह

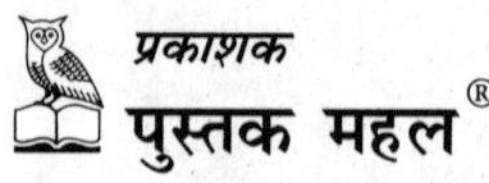

J-3/16, दरियागंज, नई दिल्ली-110002
☎ 23276539, 23272783, 23272784 • फैक्स: 011-23260518
E-mail: info@pustakmahal.com • *Website:* www.pustakmahal.com

विक्रय केन्द्र

- 10-बी, नेताजी सुभाष मार्ग, दरियागंज, नई दिल्ली-110002
  ☎ 23268292, 23268293, 23279900 • फैक्स: 011-23280567
  E-mail: rapidexdelhi@indiatimes.com
- **हिन्द पुस्तक भवन**
  6686, खारी बावली, दिल्ली-110006
  ☎ 23944314, 23911979

शाखाएं

बंगलुरू: ☎ 080-2234025 • टेलीफैक्स: 080-22240209
E-mail: pustak@sancharnet.in • pustak@airtelmail.in

मुंबई: ☎ 022-22010941, 022-22053387
E-mail: rapidex@bom5.vsnl.net.in

पटना: ☎ 0612-3294193 • टेलीफैक्स: 0612-2302719
E-mail: rapidexptn@rediffmail.com

हैदराबाद: टेलीफैक्स: 040-24737290
E-mail: pustakmahalhyd@yahoo.co.in

ISBN 978-81-223-1063-4

संस्करण: 2011

मुद्रक : परम ऑफसेटर्स, ओखला, दिल्ली-110020

समर्पण

आत्मजा स्वर्गीया सुश्री कुमारी संभावना
समर्पित साहित्य-सुमन

—लायकराम

विषय–सूची

अपनी बात

यह व्यवहार में देखा जा रहा है कि हिन्दी से लोग दूरी बनाने की भरसक चेष्टा कर रहे हैं और अंग्रेजी की ओर ललचायी नजरों से देख रहे हैं। इसके पीछे एक ही जबरदस्त कारण है– बेरोजगारी। हिन्दी हमारी राष्ट्रभाषा है बावजूद इसके भारत के लगभग दस प्रांतों में यह धड़ल्ले से लिखी, पढ़ी और बोली जाती है जबकि यहां कुल 28 राज्य हैं।

पाश्चात्य प्रभाव हमें छोड़ नहीं रहा है। हम फैशन परस्त हो चुके हैं ऐसी अवस्था में पुस्तक महल, दिल्ली ने सराहनीय कार्य किया है कि वस्तुनिष्ठ हिन्दी की इस पुस्तक को प्रकाशित कर विशेषरूप से प्रतियोगिता की दुनियां में एक क्रांति पैदा करने की चेष्टा की है।

फैशन परस्त विद्यार्थियों के मनोभावों को भाँपकर ही मैंने विशदीकरण की बजाय संक्षिप्तीकरण का मार्ग चुना और बाजार में उपलब्ध तमाम वस्तुनिष्ठ हिन्दी को देखकर पहले तो अचम्भित हुआ बाद में सुधार का मन बनाया।

बाजार में जो पुस्तकें उपलब्ध हैं, परिमाणात्मक अथवा मात्रात्मक हैं। उनमें गुणात्मकता का नितांत अभाव दिखता है।

मैंने इस पुस्तक में मात्रा (ㇷनंदजपजल) से गुण (ㇷनंसपजल) को अधिक महत्त्व दिया है। इसी हेतु पुस्तक को कई खण्डों में विभक्त कर समस्त हिन्दी व्याकरण और समस्त हिन्दी साहित्य को पुस्तक की इस लघु काया में समाहित कर दिया है।

पाठकवर्ग को जितना ही लाभ होगा मेरा श्रम उतना ही सार्थक होगा।

इस पुस्तक के प्रकाशन स्वनाम धन्य डॉ० अशोक गुप्ता जी का मैं साधुवाद देता हूं, जिन्होंने अपने प्रतिष्ठित प्रकाशन 'पुस्तक महल' की ओर से इसे प्रकाशित कर प्रतियोगिता का मार्ग सबके लिए सरस, सुगम बना दिया है। मैं डॉ० अशोक गुप्ता जी का तहेदिल से शुक्रगुजार हूं, जिन्होंने इस कार्य के लिए मुझे उपयुक्त समझा, लिखने का आदेश दिया और प्रकाशित करने का वचन दिया ।

इस प्रतिष्ठित प्रकाशन का काम मैं अवश्य करूं ऐसा दबाव मुझपर मेरी धर्मपत्नी 'श्रीमती निर्मला देवी' और आत्मज 'आलोक आनन्द' का निरंतर बना रहा। मैं इन दोनों को भी धन्यवाद देता हूं, जिसके कारण यह पुस्तक आज पाठकों के हाथों में है ।

ब्रज किशोर प्रसाद सिंह

डवइण 09234768747ए
चेण 06279.232917

1

भाषा, भाषा के अंग, लिपि, हिन्दी की उपभाषाएँ एवं बोलियाँ, हिन्दी की वर्णमाला, राष्ट्रभाषा, मानक हिन्दी, हिन्दी भाषा का क्षेत्र, शब्द विचार, शब्द भेद, संज्ञा, सर्वनाम, विशेषण, क्रिया, अव्यय, वाच्य, काल, आदि से सम्बन्धित वस्तुनिष्ठ प्रश्न एवं उनके उत्तर ।

वस्तुनिष्ठ प्रश्न

नीचे दिये गये प्रत्येक प्रश्न के उत्तर के लिए चार-चार विकल्प दिये गये हैं । इन विकल्पों में से एक विकल्प सही उत्तर है। प्रत्येक प्रश्न के सही उत्तर के लिए सही विकल्प का चयन कीजिए –

1. भाषा की उत्पत्ति किस धातु से हुई है ?
   (क) भाषा (ख) भाष्
   (ग) भाष्य् (घ) भाष्य
2. हिन्दी की उपभाषाओं की संख्या है :-
   (क) 8 (ख) 13
   (ग) 7 (घ) 5
3. कुल कितने भारतीय राज्यों की राजभाषा हिन्दी है :-
   (क) 8 (ख) 10
   (ग) 15 (घ) 12
4. इनमें से किस देश में हिन्दी भाषा का प्रयोग लिखने व बोलने में किया जाता है :-
   (क) आस्ट्रेलिया (ख) दक्षिण अमेरिका
   (ग) पाकिस्तान (घ) मारीशस
5. हिन्दी भारत की राजभाषा के रूप में कब स्वीकार की गई :-
   (क) 14 अगस्त 1950 (ख) 14 नवम्बर 1949
   (ग) 14 सितम्बर 1949 (घ) 14 सितम्बर 1948
6. हिन्दी दिवस किस तिथि को मनाया जाता है ?
   (क) 14 सितम्बर (ख) 14 दिसम्बर
   (ग) 14 अगस्त (घ) 14 नवम्वर

7. "संघ की भाषा हिन्दी और लिपि देवनागरी होगी।" यह संविधान की किस धारा में कहा गया है ।

(क) 343 (ख) 372

(ग) 350 (घ) 243

8. 'ङ' का उच्चारण स्थान इनमें से कौन सही है ?

(क) कंठोष्ठ्य (ख) नासिक्य

(ग) मूर्धन्य (घ) कंठ तालव्य

9. इनमें से भाषा की मूलभूत इकाई कौन-सी है ?

(क) वाक्य (ख) भाव

(ग) ध्वनि (घ) शब्द

10. पश्चिमी हिन्दी का 'णैं' मानक हिन्दी में परिवर्तित होकर इनमें से किस रूप को ग्रहण किया?

(क) नै (ख) ने

(ग) णय (घ) नैं

11. व्याकरण और वर्तनी की दृष्टि से इनमें से कौन भाषा शुद्ध कहलाती है?

(क) व्याकरणिक भाषा (ख) मानक भाषा

(ग) प्रांजल भाषा (घ) साहित्यिक भाषा

12. इनमें से कौन-सी लिपि हिन्दी भाषा की है ?

(क) अपभ्रंश (ख) देवनागरी

(ग) रोमन (घ) संस्कृत

13. हिन्दी भाषा में बोलियों की मूल संख्या कितनी है ?

(क) 22 (ख) 25

(ग) 15 (घ) 18

14. किस हिन्दी के अन्तर्गत 'मालवी' बोली जाती है ?

(क) राजस्थानी हिन्दी (ख) बिहारी हिन्दी

(ग) खड़ी बोली (घ) पूर्वी हिन्दी

15. हिन्दी भाषा का कौन-सा रूप मानक हिन्दी के रूप में स्वीकार किया गया ?

(क) पूर्वी हिन्दी (ख) पहाड़ी हिन्दी

(ग) खड़ी बोली (घ) पश्चिमी हिन्दी

16. आज संचार माध्यमों में हिन्दी के किस रूप का प्रयोग होता है?

(क) टकसाली (ख) आमफहम

(ग) पश्चिमी (घ) मानक

17. पश्चिमी हिन्दी के 'चल्या' शब्द को मानक हिन्दी में क्या लिखते है?

(क) चला (ख) चले

(ग) चलो (घ) चलना

18. एकवचन से बहुबचन बनाने के लिए आकारांत स्त्रीलिंग शब्दों के अन्त में क्या जोड़ा जाता है ?

(क) ओं (ख) याँ

(ग) एँ (घ) ए

19. 'पापी' का स्त्रीलिंग क्या होगा ?

(क) पापिनी (ख) पापिन

(ग) दुश्चरित्रिणी (घ) कुलटा

20. इनमें से जातिवाचक पुल्लिंग संज्ञा कौन है ?

(क) मोहन (ख) हिमालय

(ग) चपरासी (घ) चावल

21. 'पानी' संज्ञा के किस भेद के अन्तर्गत है ?

(क) व्यक्तिवाचक (ख) भाववाचक

(ग) द्रव्यवाचक (घ) जातिवाचक

22. 'टाइम्स ऑफ इण्डिया' संज्ञा के किस भेद के अन्तर्गत है ?

(क) भाववाचक (ख) व्यक्तिवाचक

(ग) समूहवाचक (घ) जातिवाचक

23. 'बच्चा' के लिए सही भाववाचक संज्ञा कौन-सा है ?

(क) बचपन (ख) बचपना

(ग) बालपन (घ) बालकपन

24. संज्ञा के किस भेद का प्राय: बहुवचन नहीं होता है ?

(क) जातिवाचक (ख) समूहवाचक

(ग) व्यक्तिवाचक (घ) द्रव्यवाचक

25. 'धिक्कार' संज्ञा के किस भेद के अन्तर्गत है ?

(क) जातिवाचक (ख) भाववाचक

(ग) व्यक्तिवाचक (घ) द्रव्यवाचक

26. छत्तीसगढ़ी बोली किस हिन्दी में रखी गयी है ?

(क) पहाड़ी हिन्दी (ख) पश्चिमी हिन्दी

(ग) पूर्वी हिन्दी (घ) बिहारी हिन्दी

27. क्ष, त्र, ज्ञ, – इनमें से किस वर्ग में है ?

(क) संयुक्त व्यंजन (ख) दीर्घ व्यंजन

(ग) स्वर (घ) व्यंजन

28. इनमें से कौन-सा शब्द सदैव बहुवचन होता है ?

(क) पहिया (ख) आत्मा

(ग) दर्शन (घ) टिकट

29. 'ठाकुर' का स्त्रीलिंग कौन सही है ?

(क) ठकुरानी (ख) ठाकुरिन

(ग) ठकुराइन (घ) इनमें से कोई नहीं

30. नेपाली भाषा इनमें से किस लिपि में लिखी जाती है ?

(क) ब्राह्मी (ख) देवनागरी

(ग) खरोष्ठी (घ) पहाड़ी

31. वर्तमान समय में लगभग कितने लोग हिन्दी भाषा का प्रयोग कर रहें है ?

(क) 15 करोड़ (ख) 40 करोड़

(ग) 20 करोड़ (घ) 60 करोड़

32. इनमें से अतंस्थ व्यंजन कौन-सा है ?

(क) य (ख) ट

(ग) स (घ) ड

33. हिन्दी में अयोगवाह की कितनी संख्या है ?

(क) 4 (ख) 3

(ग) 2 (घ) 6

34. इनमें से कौन-सी भाषा 'राष्ट्रभाषा' कहलाती है ?

(क) सरकारी काम काज की भाषा ।

(ख) बहुसंख्यक देशवासियों द्वारा प्रयोग की जाने वाली भाषा।

(ग) संविधान द्वारा स्वीकृत भाषा ।

(घ) साहित्य सृजन की भाषा ।

35. लिंग भेद से किसमें रूपान्तर नहीं होता है ?
(क) सर्वनाम (ख) विशेषण
(ग) कारक (घ) संज्ञा

36. कारक के कितने भेद है ?
(क) 7 (ख) 5
(ग) 8 (घ) 6

37. 'मैं' का बहुबचन इनमें से कौन सही है ?
(क) मुझे (ख) हमें
(ग) इसको (घ) हम

38. "'सरिता' गाँव से चली गयी"- वाक्य में कौन-सा कारक है?
(क) अपादान (ख) सम्बन्ध
(ग) सम्बोधन (घ) कर्म

39. जो-सो, कौन-सा सर्वनाम है ?
(क) निश्चयवाचक (ख) सम्बन्ध वाचक
(ग) प्रश्नवाचक (घ) इनमें से कोई नहीं

40. विशेषण की कितनी अवस्थाएँ है ?
(क) सात (ख) चार
(ग) छः (घ) तीन

41. 'बिहारी लोग बहुत श्रमशील होते हैं।' - इस वाक्य में कौन-सा विशेषण है ?
(क) गुणवाचक (ख) परिमाणबोधक
(ग) सार्वनामिक (घ) इनमें से कोई नहीं

42. 'प्रमोद दिल्ली जा रहा है।' इस वाक्य में कौन-सा कारक है?
(क) कर्त्ता (ख) अधिकरण
(ग) सम्प्रदान (घ) कर्म

43. 'वह' का करण कारक में एकबचन रूप क्या सही होगा ?
(क) उसने (ख) उससे
(ग) मैंने (घ) मुझसे

44. 'दिनेश घर पहुँच चुका है'-इस वाक्य में कौन-सा काल है ?
(क) अपूर्ण वर्तमान (ख) पूर्ण वर्तमान
(ग) संदिग्ध वर्तमान (घ) वर्तमान

45. 'मीना' से पाठ पढ़ा जाता है।–इस वाक्य में कौन–सा वाच्य है ?

(क) कर्मवाच्य (ख) कर्मणिवाच्य

(ग) कर्तृवाच्य (घ) भाववाच्य

46. "तुम खा रहे हो"–इस वाक्य में सहायक क्रिया कौन–सी है?

(क) हो (ख) खा

(ग) रहें (घ) कोई नहीं

47. "राधा से गाया नहीं जाता" में कौन–सा वाच्य है ?

(क) कर्मवाच्य (ख) भाववाच्य

(ग) कर्तृवाच्य (घ) इनमें से कोई नहीं

48. इनमें से किस वाक्य में क्रिया कर्त्ता के लिंग के अनुसार ठीक नहीं है?

(क) घोड़ा दौड़ता है (ख) राम आता है

(ग) हाथी सोती है (घ) लड़की जाती है

49. 'परीक्षा' शब्द निम्नलिखित वर्गो में से किस वर्ग में आता है?

(क) तत्सम (ख) तद्भव

(ग) देशज (घ) विदेशज

50. 'व्यवस्था' के पूर्व कौन–सा उपसर्ग लगाने से उसका विपरीतार्थक बन जाता है ?

(क) अ (ख) आ

(ग) अप (ग) परि

51. इनमें से किस शब्द में 'आवा' प्रत्यय नहीं है ?

(क) भुलावा (ख) लावा

(ग) दिखावा (घ) चढ़ावा

52. काम का नाम बताने वाले शब्द को क्या कहते हैं ?

(क) सर्वनाम (ख) क्रिया

(ग) संज्ञा (घ) क्रिया–विशेषण

53. सरकारी पत्र की भाषा कैसी होनी चाहिए ?

(क) साहित्यिक (ख) मुहावरेदार

(ग) विद्‌वतापूर्ण (घ) औपचारिक

54. इनमें से संयुक्त व्यंजन कौन–सा है?

(क) ढ़ (ख) ज्ञ

(ग) ङ (घ) ड़

55. हिन्दी शब्दकोश में 'क्ष' का क्रय किस वर्ण के बाद आता है?

(क) क (ख) छ

(ग) त्र (घ) ज्ञ

56. निम्नलिखित में कौन-सा शब्द यौगिक है ?

(क) लेखक (ख) विद्यालय

(ग) योगी (घ) पुस्तक

57. 'ज्ञ' वर्ण किन वर्णो के संयोग से बना है ?

(क) ज + ञ (ख) ज् + ञ

(ग) ज + य (घ) ज + न्य

58. 'राम ने कहा कि मैं खेलूँगा।'-इस वाक्य में 'कि मैं खेलूँगा' क्या है?

(क) उपवाक्य (ख) पदबंध

(ग) अव्यय (घ) सामासिक पद

59. 'शब्द-शक्ति' के कितने भेद है ?

(क) चार (ख) दो

(ग) तीन (घ) पाँच

60. 'बेइन्साफी' में प्रयुक्त उपसर्ग कौन है ?

(क) इन (ख) बेइन

(ग) बेइ (घ) बे

61. भाव को तीव्र करने वाली वस्तुओं, चेष्टाओं आदि को क्या कहा जाता है ?

(क) उद्दीपन (ख) शामक

(ग) आलम्बन (घ) आश्रय

62. 'मानव' शब्द का सही विशेषण इनमें से कौन-सा है ?

(क) मानवता (ख) मनुष्य

(ग) मानवीय (घ) मानवीकरण

63. 'पतंग उड़ रहा है।' इस वाक्य में 'उड़ रहा' क्रिया किस प्रकार की है?

(क) अकर्मक (ख) सकर्मक

(ग) समापिका (घ) असमापिका

64. इनमें से कौन-सा शब्द विकार है ?

(क) यहाँ (ख) हाथी
(ग) इधर (घ) उधर

65. इनमें से यौगिक शब्द कौन-सा है ?
(क) पाठशाला (ख) पंकज
(ग) जलज (घ) गणेश

66. 'विभावरी' किस प्रकार का शब्द है ?
(क) तत्सम (ख) तद्‌भव
(ग) देशज (घ) विदेशज

67. इनमे से कौन-सा शब्द विदेशज है ?
(क) नारियल (ख) कर्पूर
(ग) टिकट (घ) बादाम

68. इनमें से कौन-सा शब्द संधि भी है और समास भी ?
(क) नीलकंठ (ख) महाजन
(ग) पंचानन (घ) विद्यालय

69. 'विशाल' निम्नलिखित में से क्या है ?
(क) संज्ञा (ख) सर्वनाम
(ग) विशेषण (घ) क्रिया

70. 'क्ष' वर्ण किसके योग से बना है ?
(क) क् + ष (ख) क् + च
(ग) क् + छ (घ) क् + श

71. हिन्दी में मूलतः वर्णो की संख्या कितनी है ?
(क) 52 (ख) 50
(ग) 51 (घ) 53

72. निम्नलिखित में से कौन-सी भाषा देवनागरी लिपि में लिखी जाती है?
(क) सिंधी (ख) मराठी
(ग) गुजराती (घ) उड़िया

73. हिन्दी में 'कृत्' प्रत्ययों की कुल कितनी संख्या है ?
(क) अट्‌ठाइस (ख) तीस
(ग) चालीस (घ) पचास

74. संचारी भावों की कुल संख्या कितनी मानी गयी है ?
(क) चौंतीस (ख) तैंतीस
(ग) तीस (घ) उन्नीस

75. 'कृदन्त' प्रत्यय किन शब्दों के साथ जुड़ते हैं ?
(क) विशेषण (ख) संज्ञा
(ग) क्रिया (घ) सर्वनाम

76. हिन्दी में शब्दों का लिंग-निर्धारण किसके आधार पर होता है?
(क) क्रिया (ग) सर्वनाम
(ग) संज्ञा (घ) प्रत्यय

77. यहाँ द्वित्व व्यंजन किस शब्द में है ?
(क) दिल्ली (ख) उत्साह
(ग) इलाहाबाद (घ) पुनः

78. इनमें समूहवाचक संज्ञा कौन है ?
(क) चावल (ख) अंगूर
(ग) पौधें (घ) गुलाव

79. इनमें से व्यक्तिवाचक संज्ञा कौन-सा नहीं है ?
(क) पानीपत का प्रथम युद्ध (ख) डकैती
(ग) मंगलवार (घ) स्वतंत्रता दिवस

80. 'पूरब दिशा' संज्ञा के किस भेद के अन्तर्गत है ?
(क) भाववाचक संज्ञा (ख) व्यक्तिवाचक संज्ञा
(ग) द्रव्यवाचक संज्ञा (घ) जातिवाचक संज्ञा

81. 'बंधुत्व' संज्ञा के किस भेद के अन्तर्गत है ?
(क) भाववाचक (ख) जातिवाचक
(ग) व्यक्तिवाचक (घ) इनमें से कोई नहीं

82. खड़ी बोली किस हिन्दी के क्षेत्रान्तर्गत है ?
(क) पूर्वी हिन्दी (ख) बिहारी हिन्दी
(ग) पश्चिमी हिन्दी (घ) पहाड़ी हिन्दी

83. इनमें से कौन लिपि अंग्रेजी भाषा की है ?
(क) फ्रेंच (ख) इंग्लिश
(ग) रोमन (घ) ग्रीक

84. मानक हिन्दी में पश्चिमी हिन्दी की किन ध्वनियों का लोप हो गया है?

(क) मूल (ख) द्वित्व

(ग) एकल (घ) संयुक्त

85. आधुनिक भारतीय भाषाओं का विकास किस भाषा से हुआ ?

(क) प्राकृत (ख) शौर सैनी

(ग) मागधी (घ) अपभ्रंश

86. 'छात्र' को बहुबचन बनाने के लिए इनमें से किसका जोड़ा जान उचित है?

(क) लोग (ख) जन

(ग) वर्ग (घ) गण

87. सर्वनाम के कितने भेद होते है ?

(क) चार (ख) छः

(ग) आठ (घ) पाँच

88. वाक्य में विशेष्य कब आता है ?

(क) विशेषण से पूर्व (ख) कहीं पूर्व कहीं बाद में

(ग) विशेषण के बाद (घ) सर्वदा पहले

89. जब क्रिया का प्रधान विषयकर्त्ता होता है, तो कौन-सा वाच्य होता है?

(क) कर्मवाच्य (ख) कर्तृवाच्य

(ग) भाववाच्य (घ) कोई नहीं

90. 'वह पढ़ता तो पास होता' - इस वाक्य में कौन-सा काल है?

(क) पूर्णभूत (ख) हेतु हेतु मद् भूत

(ग) संदिगधभूत (घ) अपूर्ण भूत

91. 'सीता ने खाना पकाया' - इस वाक्य में कौन-सा काल है ।

(क) अपूर्णभूत (ख) संदिग्धभूत

(ग) सामान्य भूत (घ) पूर्णभूत

92. किसी अन्य शब्द पर निर्भर नहीं रहने वाली धातु क्या कहलाती है?

(क) मूल (ख) अकर्मक

(ग) सकर्मक (घ) यौगिक

93. 'उसने दूध पीकर पढ़ लिया'-इस वाक्य में दूध पीकर कौन-सी क्रिया है ?

(क) नाम बोधक (ख) सहायक

(ग) सकर्मक (घ) पूर्वकालिक

94. 'वह सबसे मोटा है'- इस वाक्य में विशेषण की कौन-सी अवस्था है?

(क) मूलावस्था (ख) प्रथमावस्था

(ग) उत्तरावस्था (घ) उत्तमावस्था

95. 'कुछ लड़के आ रहें हैं'-इस वाक्य में विशेषण का कौन-सा भेद है?

(क) सार्वनामिक (ख) गुणवाचक

(ग) परिमाणवाचक (घ) संख्यावाचक

96. निम्नलिखित में से कौन-सी बोली अथवा भाषा हिन्दी के अन्तर्गत नहीं आती है ?

(क) बाँगरू (ख) अवधी

(ग) तेलुगु (घ) कन्नौजी

97. इनमें से अशुद्ध शब्द कौन-सा है ?

(क) सुन्दरता (ख) सुन्दर

(ग) सौन्दर्य (घ) सौन्दर्यता

98. निम्नलिखित में से कौन-सा शब्द संज्ञा है ?

(क) क्रोध (ख) क्रुद्ध

(ग) क्रोधी (घ) क्रोधित

99. 'बहुत तेज दौड़ रहा था'-इस वाक्य में प्रविशेषण कौन-सा है?

(क) बहुत तेज (ख) तेज

(ग) बहुत (घ) इनमें से कोई नहीं

100. उपसर्ग का प्रयोग किस स्थान पर होता है ?

(क) शब्द के प्रारम्भ में (ख) शब्द के मध्य में

(ग) शब्द के अन्त में (घ) इनमें में से कोई नहीं

101. तत्सम शब्दों का मूल श्रोत इनमें से कौन सही है ?

(क) अपभ्रंश (ख) संस्कृत

(ग) प्राकृत (घ) पालि

102. इनमें से कौन शब्द देशज है ?

(क) कमीना (ख) आदमी

(ग) भोंदू (घ) ख्याल

103. इनमें से कौन शब्द तत्सम नहीं है ?

(क) काठ (ख) कक्षा

(ग) पुष्प (घ) नक्षत्र

104. इनमें से योगरूढ़ शब्द कौन है ?

(क) पुष्प (ख) पंकज

(ग) कुमुदिनी (घ) कमल

105. 'हिन्दी है हम वतन है हिन्दोस्तां हमारा' - इस पंक्ति में हिन्दी का अर्थ इनमें से कौन सही है ?

(क) भारत देश (ख) हिन्दी बोलने वाला

(ग) भारतवासी (घ) हिन्दू

106. हिन्दी की व्युत्पत्ति किस शब्द से हुई है ?

(क) हिन्द से (ख) हिन्दू से

(ग) सिन्धु से (घ) इनमें से कोई नहीं

107. वह कौन-सी बोली है जो मध्यकाल में साहित्य की सबसे समृद्धिशाली भाषा थी ?

(क) खड़ी बोली (ख) उर्दू

(ग) ब्रज (घ) अवधी

108. संविधान में हिन्दी को कौन-सा दर्जा दिया गया है ?

(क) राष्ट्रभाषा (ख) राजभाषा

(ग) आर्यभाषा (घ) क और ख

109. निम्नलिखित में से हिन्दी किस राज्य की राजभाषा नहीं है ?

(क) उत्तरप्रदेश (ख) बिहार

(ग) मध्यप्रदेश (घ) पंजाब

110. देवनागरी किस प्रकार की लिपि है ?

(क) अक्षरात्मक (ख) संकेतात्मक

(ग) चित्रात्मक (घ) ध्वन्यात्मक

111. भारत के किस पड़ोसी देश में देवनागरी लिपी का प्रयोग प्रमुखता से होता है ?

(क) भूटान (ख) नेपाल

(ग) बंगलादेश (घ) इनमें से कोई नहीं

112. निम्नलिखित में कौन हिन्दी के प्रचार-प्रसार से सम्बद्ध है ?

(क) ईसाई मिशनरी (ख) आर्य समाज

(ग) महात्मा गाँधी (ग) उपर्युक्त सभी

113. 'सुपात्र'-यह शब्द बनाबट के विचार से संज्ञा के किस भेद में है ?

(क) रूढ़ (ख) यौगिक

(ग) योगरूढ़ (घ) कोई नहीं

114. 'यह' कौन सा सर्वनाम है ?

(क) निश्चयवाचक (ख) सम्बन्धवाचक

(ग) निजवाचक (घ) पुरूषवाचक

115. इनमें से कौन प्रश्नवाचक सर्वनाम का उदाहरण है ?

(क) जो (ख) कौन

(ग) आप (घ) वे

116. 'मीठा' का सही भाववाचक कौन-सा है ?

(क) मिठैत (ख) मिठाई

(ग) मिठास (घ) मिठ्ठू

117. इनमें से कौन-सा तुलनात्मक विशेषण अशुद्ध है ?

(क) कोमलतर (ख) कोमल

(ग) कोमलतम (घ) कोमलता

118. इनमें विशेषण-विशेष्य का कौन-सा युग्म अशुद्ध है ?

(क) दो किलो घी (ख) गोल-प्रश्न

(ख) सुन्दर-लड़की (घ) श्रेष्ठतम व्यक्ति

119. इनमें से कौन-सा विशेषण अविकारी है ?

(क) चमकीला (ख) हरा

(ग) सुडौल (घ) झूठा

120. 'हर एक' संख्यावाचक विशेषण के किस भेद के अंतर्गत है ?

(क) गुणनावाचक (ख) समुदायवाचक

(ग) प्रत्येक बोधक (घ) आवृत्तिवाचक

121. इनमें से विशेषण की दृष्टि से कौन-सा वाक्य अशुद्ध है ?

(क) ये रसगुल्ले मीठे हैं ।

(ख) तुम्हारे पास कितना चौदी है ।

(ग) कक्षा में वहाँ कितने लड़के है ।

(घ) उसकी किताब अच्छी है ।

122. 'वह लाचार है, क्योकि वह अन्धा है'-इस वाक्य में कौन-सा अव्यय है ?

(क) संकेतवाचक (ख) कारणवाचक

(ग) परिणामवाचक (घ) इनमें से कोई नहीं

123. विशेषण किस शब्द की विशेषता बताता है ?

(क) संज्ञा की (ख) सर्वनाम की

(ग) संज्ञा और सर्वनाम की (घ) कारक की

124. जिस शब्द की विशेषता बतायी जाती है उस शब्द को व्याकरण की भाषा में क्या कहते है ?

(क) विधेय (ख) विशेषण

(ग) विशेष्य (घ) प्रविशेषण

125. इनमें से कौन गुणवाचक विशेषण नहीं है ?

(क) गुजराती (ख) लम्बा

(ग) टिकाऊ (घ) प्रत्येक

126. इनमे से क्रिया-विशेषण का वाक्य कौन-सा है ?

(क) मुझे एक कलम चाहिए ।

(ख) वाह ! यह तुमने अच्छा किया ।

(ग) वह मेरे पास दौड़ते-दौड़ते आया ।

(घ) वह बहुत सुन्दर है ।

127. निम्नलिखित में से किस राज्य में राजकाज की भाषा अंग्रेती है?

(क) मिजोरम (ख) मणिपुर

(ग) मेघालय (घ) उपर्युक्त सभी

128. देवनागरी दक्षिण भारत में किस रूप में जानी जाती है ?

(क) उत्तरनागरी (ख) ब्रह्मनागरी

(ग) देवनागरी (घ) नन्दनागरी

129. निम्नलिखित में कौन-सा कथन असत्य है ?

(क) संज्ञा शब्द अविकारी होते है ।

(ख) संज्ञा शब्द लिंग वचन के अनुसार परिवर्तित होते है ?

(ग) द्रव्यवाचक संज्ञा को पदार्थ वाचक भी कहते है ?

(घ) माप या तौल सकने वाले शब्द द्रव्यवाचक संज्ञा हैं ।

130. निम्नलिखित संज्ञा से बने विशेषण में कौन-सा अशुद्ध है ?

(क) सप्ताह - साप्ताहिक (ख) नीति - नैतिक

(ग) भूख - भूखा (घ) गरीब - गरीबी

131. निम्नलिखित में से तद्भव शब्द का चयन कीजिए -

(क) चिड़िया (ख) सलाई

(ग) अश्रु (घ) वायु

132. निम्नलिखित में तद्भव-तत्सम को कौन-सा युग्म सही नहीं है?

(क) आँसू - अश्रु (ख) भौंरा - भ्रामर

(ग) हाथ - हस्त (घ) हाथी - हस्ती

133. निम्नलिखित में से रूढ़ शब्द कौन-सा है ?

(क) पेट (ख) सलाई

(ग) उबटन (घ) पंकज

134. 'तम्बाकू' किस भाषा का शब्द है ?

(क) पुर्तगाली (ख) फारसी

(ग) तुर्की (घ) अरबी

135. 'कालीन' किस भाषा का शब्द है ?

(क) अरबी (ख) तुर्की

(ग) उर्दू (घ) फारसी

136. 'सन्तरा' किस भाषा का शब्द है ?

(क) पुर्तगाली (ख) संस्कृत

(ग) तुर्की (घ) जापानी

137. निम्नलिखित में से संकर शब्द कौन-सा है ?

(क) लिफाफा (ख) कालीन

(ग) सरासर (घ) रेलगाड़ी

138. य, र, ल, व किस प्रकार के व्यंजन है ?

(क) ऊष्म (ख) अन्तःस्थ

(ग) स्पर्श (घ) अयोगवाह

139. महाप्राण वर्ण का अर्थ क्या है ?

(क) जिसके उच्चारण में श्वास समय अधिक लगे ।

(ख) दीर्घ मात्रा वाले वर्ण ।

(ग) कम ध्वनि उच्चारण वाले वर्ण ।

(घ) इनमें से कोई नही ।

140. इनमें सें भाषा का सही अर्थ क्या है ?

(क) मनोभावों को प्रकट करने वाला सांकेतिक शब्द समूह ।

(ख) शब्द और वाक्यों का समूह ।

(ग) शब्दों का लिखित रूप ।

(घ) ध्वनियों का उच्चारण ।

141. निम्नलिखित में कौन मानक भाषा नहीं है ?

(क) अंग्रेजी (ख) उर्दू

(ग) अवधी (घ) हिन्दी

142. बोली के संदर्भ में कौन-सा कथन असत्य है ?

(क) बोली में केवल मौखिक साहित्य परम्परा होती है ।

(ख) बोली ही विकसित होकर भाषा बन जाती है ।

(ग) एकभाषा की अनेक बोलियाँ हो सकती है ।

(घ) बोली भाषा की आधारशिला है ।

143. 'डॉक्टर शब्द की 'ऑ' ध्वनि हिन्दी में किस भाषा की देन है?

(क) फ्रेंच (ख) अंग्रेजी

(ग) डच (घ) पुर्तगाली

144. 'गोवा' राज्य की सर्वमान्य भाषा कौन-सी है ?

(क) मराठी (ख) अंग्रेजी

(ग) कोंकणी (घ) गौणी

145. संविधान की आठवीं अनुसूची में मान्य आधुनिक भारतीय भाषाओं की संख्या कितनी है ?

(क) 15 (ख) 16

(ग) 18 (घ) 20

146. निम्नलिखित में समूह वाचक संज्ञा बताइये -

(क) गिरोह (ख) मण्डल

(ग) उपर्युक्त दोनों (घ) इनमें से कोई नहीं

147. निम्नलिखित में से कौन द्रव्यवाचक संज्ञा है ?

(क) घड़ी (ख) दूध

(ग) लोहा (घ) तेल

148. 'कुँज' शब्द संज्ञा के किस भेद के अन्तर्गत है ?

(क) जातिवाचक (ख) समूहवाचक

(ग) भाववाचक (घ) इनमें से कोई नहीं

149. 'धर्मशाला' बनावट के विचार से संज्ञा का कौन भेद है ?

(क) रूढ़ (ख) यौगिक

(ग) उपर्युक्त दोनों (घ) इनमें से कोई नहीं

150. सर्वनाम के कितने भेद है ?

(क) 3 (ख) 4

(ग) 5 (घ) 6

❖❖❖

उत्तरमाला

1. – ख	22. – ख	44. – ख	66. – क	88. – ख
2. – घ	23. – क	45. – क	67. – ग	89. – ख
3. – ख	24. – घ	46. – ग	68. – ग	90. – ख
4. – घ	25. – ख	47. – ख	69. – ग	91. – ग
5. – ग	26. – ग	48. – ग	70. – क	92. – क
6. – क	27. – क	49. – क	71. – क	93. – घ
7. – क	28. – ग	50. – क	72. – ख	94. – घ
8. – ग	29. – ग	51. – ख	73. – क	95. – क
9. – ग	30. – ख	52. – ख	74. – ख	96. – ग
10. – ख	31. – घ	53. – घ	75. – ग	97. – घ
11. – ख	32. – क	54. – ख	76. – ग	98. – क
12. – घ	33. – ग	55. – क	77. – क	99. – ग
13. – घ	34. – ख	56. – ख	78. – ख	100. – क
14. – क	35. – क	57. – ख	79. – ख	101. – ख
15. – ग	36. – ग	58. – क	80. – ख	102. – ग
16. – घ	37. – घ	59. – ग	81. – क	103. – क
17. – क	38. – क	60. – घ	82. – ग	104. – ख
18. – ग	39. – ख	61. – क	83. – ग	105. – ग
19. – ख	40. – घ	62. – घ	84. – ख	106. – ग
20. – ग	41. – क	63. – क	85. – घ	107. – ग
21. – ग	42. – क	64. – ख	86. – घ	108. – ख
22. – ख	43. – ख	65. – क	87. – ख	109. – घ

110. - क	118. - ख	126. - ग	134. - क	142. - क
111. - ख	119. - ग	127. - घ	135. - ख	143. - ख
112. - घ	120. - ग	128. - घ	136. - क	144. - ग
113. - ख	121. - ख	129. - क	137. - घ	145. - ग
114. - क	122. - ख	130. - ख	138. - ख	146. - ग
115. - ख	123. - ग	131. - ख	139. - क	147. - क
116. - ग	124. - ग	132. - ख	140. - क	148. - ख
117. - घ	125. - घ	133. - क	141. - ग	149. - ख
				150. - घ

2

तत्सम और तद्भव शब्द वर्तनी-शुद्धि, पर्यायवाची शब्द, विपरीतार्थक शब्द, समानार्थक शब्द, अनेकार्थक शब्द, वाक्यांश के लिए एक शब्द, श्रुतिसम भिन्नार्थक शब्द इत्यादि पर आधारित वस्तुनिष्ठ प्रश्न एवं उत्तर

वस्तुनिष्ठ प्रश्न

नीचे दिये गये पत्येक प्रश्न के उत्तर के लिए चार-चार विकल्प दिये गये हैं । इन विकल्पों में से एक विकल्प सही उत्तर है । प्रत्येक प्रश्न के सही उत्तर के लिए सही विकल्प का चयन कीजिए –

1. निम्नलिखित में से कौन-सी वर्तनी शुद्ध है ?
   (क) अनभूति (ख) अनुभूति
   (ग) अविभूति (घ) अनूभूति
2. 'अश्व' का कौन-सा पर्यायवाची सही है ?
   (क) अनन्त (ख) घोटक
   (ग) सुरपति (घ) निशाचार
3. 'उहापोह' का कौन-सा पर्यायवाची सही है ?
   (क) अभिभूत (ख) व्यग्रता
   (ग) असमंजस (घ) निश्चित
4. 'निर्मोही' किसका पर्यायवाची है ?
   (क) क्रूर (ख) दुष्ट
   (ग) प्रेमी (घ) दयालु
5. 'अनुज - का सही विपरीतार्थक कौन-सा है ?
   (क) दनुज (ख) मनुज
   (ग) अग्रज (घ) विग्रज
6. 'अपकार' का सही विपरीतार्थक कौन-सा है ?
   (क) परोपकार (ख) अनिष्ट
   (ग) विनष्ट (घ) उपकार
7. 'आपत्ति' के सही विपरीतार्थक का चयन कीजिए ?

(क) तटस्थता (ख) सम्मति

(ग) उदासीनता (घ) सहमति

8. 'हया' का सही विपरीतार्थक कौन-सा है ?

(क) शर्म (ख) बेशर्म

(ग) बेहया (घ) निर्लज्ज

9. उचित शब्द चुनकर खाली स्थान की पूर्ति कीजिए -

परीक्षा में सफलता पाने के लिए तुम्हें .... करना चाहिए -

(क) अध्ययन (ख) अनुशीलन

10. उस शब्द का चयन कीजिए जो 'कौशिक' का समानार्थक नहीं है-

(क) नेवला (ख) इन्द्र

(ग) उल्लू (घ) शिव

11. 'अमृत' के समानार्थक शब्द का चयन कीजिए -

(क) मुक्तक (ख) हलाहल

(ग) सुधा (घ) बपनीय

12. जो 'सारंग' का अनेकार्थक नहीं है, उसका चयन कीजिए -

(क) वाद्य यंत्र (ख) चन्द्रमा

(ग) हाथी (घ) सूर्य

13. 'आवश्यकता से अधिक धन का त्याग' - इसके लिए सही विकल्प का चयन कीजिए -

(क) अपरिग्रह (ख) अपरिगृह

(ग) परिग्रह (घ) इन्द्रिय निग्रह

14. 'जिसका अहंकार चूर्ण हो गया हो'-इसके लिए सही विकल्प चुनिए-

(क) दम्भी (ख) पाखण्डी

(ग) आन्तगर्व (घ) दर्पहीन

15. 'जिन्होने दूसरों के लिए अपना बलिदान किया हो' - इसके लिए एक शब्दवाला सही विकल्प चुनिए -

(क) त्यागी (ख) शहीद

(ग) हुतात्म (घ) ख और ग दोनों

16. 'सम्पूर्ण देश सम्बन्धी'-इसके लिए एक शब्द का चयन कीजिए-

(क) देशीय (ख) स्वदेशी

(ग) सार्वभैम (घ) सार्वजनिक

17. 'अंधकार- के लिए दिये गये विकल्पों में से कौन-सा शब्द पर्यायवाची नहीं है ?

(क) वह्नि (ख) तिमिर

(ग) तमस् (घ) तम

18. 'आत्मा' के लिए दिये गये विकल्पों में से कौन-सा सही नहीं है?

(क) सर्वात्मा (ख) जीव

(ग) चैतन्य (घ) ब्रह्म

19. 'अंतिम' के लिए सही विपरीतार्थक का चयन कीजिए -

(क) आदि (ख) इति

(ग) प्रारम्भ (घ) प्रथम

20. 'स्थावर' के लिए सही विपरीतार्थक का चयन कीजिए -

(क) जड़ (ख) चैतन

(ग) जंगल (घ) सचल

21. 'स्तुति' के लिए सही विपरीतार्थक का चयन कीजिए -

(क) बुराई (ख) ईर्ष्या

(ग) चुगली (घ) निन्दा

22. 'अंस-अंश' इस शब्द-युग्म के लिए सही अर्थ-भेद का चयन कीजिए-

(क) हिस्सा-कुल (ख) कंधा-हिस्सा

(ग) किनारा-भाग (घ) परिवार-भाग्र

23. 'आर्त-आर्द्र'-इस शब्द-युग्म के सही अर्थ-भेद का चयन कीजिए-

(क) चीखना-सूखा (ख) दु:खी-गीला

(ग) कराहना-वर्षा (घ) पीड़ा-चटक

24. 'छात्र-क्षात्र'-इस शब्द-युग्म के सही अर्थ-भेद का चयन कीजिए-

(क) विद्यार्थी-श्रत्रिय (ख) विद्याथी-छात्रा

(ग) विद्यार्थी-कठोर (घ) विद्यार्थी-अध्यापक

25. 'प्रारंभ से लेकर अन्त तक' - इस वाक्यांश के लिए सही शब्द का चयन कीजिए -

(क) अर्वाचीन (ख) तत्कालीन

(ग) आद्योपान्त (घ) समसामयिक

26. 'फेंक कर चलाया जानेवाले हथियार' - इसके लिए सही शब्द का चयन कीजिए -

(क) शस्त्र (ख) अस्त्र

(ग) मारना (घ) त्रिशूल

27. 'स्त्रियों जैसा स्वभाव वाला'-इसके लिए सही शब्द का चयन कीजिए-

(क) स्त्रैण (ख) हिजड़ा

(ग) गन्धर्व (घ) किन्नर

28. 'सिता-सीता' इस शब्द-युग्म के सही अर्थ-भेद का चयन कीजिए-

(क) चीनी-जानकी (ख) गीला-जानकी

(ग) शिला-जानकी (घ) सीधा-जानकी

29. 'हर्ष' के लिए सही विपरीतार्थक का चयन कीजिए -

(क) दुःख (ख) वेदना

(ग) खेद (घ) विषाद

30. 'प्रतियोगी' के लिए सही विपरीतार्थक का चयन कीजिए -

(क) प्रतिभागी (ख) योगी

(ग) सहयोगी (ग) भोगी

31. इन विकल्पों में 'दूध' का सही विकल्प कौन नहीं है ?

(क) दुग्ध (ख) अमिय

(ग) पय (घ) गोरस

32. 'पत्नी' का सही विकल्प इनमें कौन नहीं है ?

(क) भार्या (ख) वामा

(ग) यामा (घ) सहधर्मिणी

33. 'उल्लू' का सही विकल्प कौन नहीं है ?

(क) उलूक (ख) कौशिक

(ग) उत्पल (घ) लक्ष्मी वाहन

34. शुद्ध वर्तनी - विकल्प का चयन कीजिए -

(क) संसारिक (ख) संसारीक

(ग) सांसरिक (घ) सांसारिक

35. शुद्ध वर्तनी - विकल्प का चयन कीजिए -

(क) राश्ट्रीय (ख) रास्टीय

(ग) राष्ट्रीय (घ) राष्ट्रिय

36. इनमें से अशुद्ध वतनी का विकल्प चुनिए -

(क) उज्जवल (ख) स्वयंवर

(ग) परीक्षा (घ) वैदेही

37. इनमें से अशुद्ध वर्तनी का विकल्प चुनिये -

(क) विद्वान (ख) विख्यात

(ग) व्यापार (घ) तिथि

38. शुद्ध वर्तनी का विकल्प चुनिये -

(क) उज्वल (ख) उज्जवल

(ग) उज्जवल (घ) उज्ज्वल

39. अशुद्ध वर्तनी का विकल्प चुनिये -

(क) ज्येष्ठ (ख) उत्कृष्ट

(ग) आकांक्षा (घ) वांछनीय

40. शुद्ध वर्तनी का विकल्प चुनिये -

(क) परिस्थिति (ख) परिस्थती

(ग) परिस्थति (घ) परीस्थिती

41. 'आदरपूर्वक सिर पर धारण करने योग्य' - इस वाक्यांश के लिए सही एक शब्द का चयन कीजिए -

(क) मुकुट (ख) साफा

(ग) शिरोधार्य (घ) छत्र

42. 'जो एक स्थान से दूसरे स्थान पर न लाया जा सके' - इस वाक्यांश के लिए सही एक शब्द चुनिये -

(क) स्थावर (ख) स्थानीय

(ग) स्थितीय (घ) उपर्युक्त सभी

43. 'शिव की आराधना करने वाला' - इसके लिए एक शब्द का सही विकल्प चुनिये -

(क) शक्त (ख) शैव

(ख) वैष्णव (घ) जैन

44. 'स्वेच्छा से पति चुनने वाली' - इस वाक्यांश के लिए एक शब्द वाले सही विकल्प का चयन कीजिए -

(क) वनिता (ख) वामा
(ग) स्वयंवरा (घ) महत्वाकांक्षिणी

45. 'जिसके हाथ में वज्र हो' - इसके लिए एक शब्द का सही विकल्प चुनिये -
(क) इन्द्र (ख) विष्णु
(ग) ब्रह्मा (घ) वज्रपाणि

46. 'किसी के स्थान पर आया हुआ' - इस वाक्यांश के लिए एक शब्द के सही विकल्प का चयन कीजिए -
(क) हस्तांतरित (ख) स्थापनार्थ
(ग) स्थानापन्न (घ) स्थानान्तरण

47. चोरी के लिए मकान की दीवार में किया गया बड़ा छेद - इस वाक्यांश के लिए एक शब्द का सही विकल्प चुनिये -
(क) मेंथ (ख) मेड़
(ग) सेंघ (घ) झोक

48. 'एक ही समय में होने वाला या रहने वाला' - इसके लिए एक शब्द का सही विकल्प चुनिये -
(क) समानार्थी (ख) समवयस्क
(ग) समोद्भव (घ) समकालीन

49. सही तत्सम शब्द का चयन कीजिए -
(क) अक्षर (ख) अछर
(ग) अक्छर (घ) अच्छर

50. सही तत्सम शब्द का चयन कीजिए -
(क) अंगूठी (ख) अगूठी
(ग) अंगुष्ठिका (घ) अगुठी

51. 'परिक्षा-परीक्षा- शब्द-युग्म में के सही अर्थ-भेद का चयन कीजिए-
(क) इम्तहान - कीचड़ (ख) कीचड़ - इम्तहान
(ग) लिखित - मौखिक (घ) कमल - इम्तहान

52. 'वन्दी-बन्दी'-इस शब्द-युग्म के सही अर्थ-भेद का विकल्प चुनिये-
(क) कैदी - बन्धन (ख) भाट - कैदी
(ग) भाट - बन्द (घ) भाट - हड़ताल

53. 'वह स्त्री जिसका पति रात में अन्य स्त्री के साथ रहकर प्रातःकाल लौटे' - इस वाक्यांश के लिए सही शब्द का विकल्प चुनिये-

(क) खण्डिता (ख) मानिनी

(ग) वन्चिता (घ) परित्यक्ता

54. 'जो सदा चला आ रहा है' - इस बाक्यांश के लिए एक शब्द का सही विकल्प चुनिये -

(क) सनातन (ख) परम्परागत

(ग) सदैव (घ) शाश्वत

55. निम्नलिखित में से कौन-सा युग्म सही नहीं है ?

(क) प्रचीन-आधुनिक (ख) प्रवृत्ति-सद्वृत्ति

(ग) वरदान-अभिशाप (घ) नख-शिख

56. निम्नलिखित में से कौन-सा विलोम-युग्म सही नहीं है ?

(क) नश्वर-शाश्वत (ख) भूत-भविष्य

(ग) निर्दोष-गुणवान (घ) जय-पराजय

57. 'ध्वंस' शब्द के विलोम का सही विकल्प चुनिये -

(क) पुनिर्माण (ख) रचना

(ख) सृजन (घ) निर्माण

58. 'लौकिक' शब्द के विलोम का सही विकल्प चुनिये -

(क) आध्यात्मिक (ख) सांसारिक

(ग) पारलौकिक (घ) स्वर्गिक

59. 'योग' शब्द के विलोम का सही विकल्प चुनिये -

(क) वियोग (ख) संयोग

(ग) विरह (घ) दुर्योग

60. 'हास' शब्द के विलोम का सही विकल्प चुनिये -

(क) शोक (ख) वेदना

(ग) पीड़ा (घ) रुदन

61. कौस-सा विलोम-युग्म सही नहीं है ?

(क) प्रवेश-प्रस्थान (ख) भूत-भविष्य

(ग) पुरस्कार-तिरस्कार (घ) मूक-वाचाल

62. 'लिखित' का सही विलोम क्या है ?

(क) पठित (ख) मौखिक
(ग) अपठित (घ) मुद्रित

63. 'अविर्भाव' का सही विलोम क्या है ?
(क) तिरोभाव (ख) समभाव
(ग) अन्तर्धान (घ) सुप्त

64. 'दानव' के पर्यायवाची विकल्पों में कौन-सा पर्यावाची नहीं है ?
(क) असुर (ख) वनुज
(ख) राक्षस (घ) दैत्य

65. 'यमुना- के पर्यायवाची विकल्पों में कौन गलत है ?
(क) सूर्यसुता (ख) कालिन्दी
(ग) कृष्णा (घ) कन्दील

66. 'धीरज' के पर्यायवाची के विकल्पों में कौन सही नहीं है ?
(क) सन्तोष (ख) गाम्यीर्या
(ग) धैर्य (घ) धीर

67. इनमें से कौन 'पार्वती' का पर्यायवाची नहीं है ?
(क) उमा (ख) रमा
(ग) गिरिजा (घ) भवानी

68. 'पृथ्वी' का पार्यायवाची इनमें से कौन-सा नहीं है ?
(क) वसुधा (ख) धरा
(ग) वसुन्धरा (घ) धारयित्री

69. 'वस्त्र' का पर्यायवाची इनमें से कौन नहीं है ?
(क) पाटन (ख) पट
(ग) अम्बर (घ) वसन

70. 'बादल' का पर्यावाची इनमें से कौन नहीं है ?
(क) अम्बुद (ख) वारिधि
(ग) नीरद (घ) घन

71. 'कानून द्वारा मान्य' का सही एक शब्द कौन है ?
(क) अवैध (ख) कानूनी
(ग) वैधिक (घ) वैध

72. 'जो अपनी सामर्थ्य से अधिक साहस करे' के लिए सही एक शब्द चुनिये-

(क) निर्भय (ख) उत्साही

(ग) वीर (घ) दुस्साहसी

73. दोपहर से पहले का समय-के लिए सही एक शब्द का चयन कीजिए-

(क) मध्याह्न (ख) अपराह्न

(ग) पूर्वाह्न (घ) प्रातःकाल

74. 'जिसकी आयु 35 वर्ष से अधिक हो'-एक शब्द का सही विकल्प चुनिये-

(क) प्रौढ़ (ख) युवा

(ग) वृद्ध (घ) वयस्क

75. 'प्रचीन इतिहास का ज्ञाता'-इसके लिए सही एक शब्द चुनिये -

(क) इतिहास वेत्ता (ख) ऐतिहासिक

(ग) पुरातत्त्ववेत्ता (घ) प्राज्ञ

76. 'अनिश्चित जीविका' के लिए सही एक शब्द इनमें से कौन है?

(क) आकाशवृत्ति (ख) दैनिक मजदूरी

(ग) स्वल्प (घ) अल्पवृत्ति

77. 'अपने जीवन पर स्वयं लिखी कथा' - के लिए उपयुक्त एक शब्द इनमें से कौन है ?

(क) जीवनी (ख) संस्मरण

(ग) आत्मकथा (घ) उपन्यास

78. 'पूरब और उत्तर के बीच की दिशा' - के लिए उपयुक्त एक शब्द इनमें से कौन है ?

(क) पूर्वोत्तर (ख) ईशान

(ग) वातायन (घ) क्षितिज

79. समानार्थक शब्द का सही विकल्प चुनकर खाली स्थान को भरिये?
जहाँ अधिक बोलने वाले व्यक्ति हो वहाँ ---- रहना चाहिए।

(क) मूक (ख) मौन

80. समानार्थक शब्द का सही विकल्प चुनकर खाली स्थान भरिये -
आनेवाले सभी मेहमानों का .... है ।

(क) अभिनन्दन (ख) स्वागत

81. समानार्थक शब्द का सही विकल्प चुनकर खाली स्थान भरिये -
चिंता सबसे बड़ी .... है ।

(क) व्यधि (ख) आधि

82. तत्सम शब्द के सही विकल्प का चयन कीजिए -
(क) अन्न (ख) अनत
(ग) अंगुरी (घ) अंस

83. तत्सम शब्द के सही विकल्प का चयन कीजिए -
(क) निम्बक (ख) निम्बू
(ग) निम्बूक (घ) नींबू

84. तत्सम शब्द के सही विकल्प का चयन कीजिए -
(क) पोथी (ख) पुस्तक
(ग) पुस्तिका (घ) पुस्तेक

85. सही तत्सम शब्द इनमें से कौन है ?
(क) नैन (ख) नयन
(ग) नैना (घ) नेन

86. इनमें सही तत्सम शब्द चुनिये -
(क) लौंग (ख) लवग
(ग) लवंग (घ) लंवग

87. तद्भव शब्द का सही विकल्प चुनिये -
(क) नापित (ख) नृत्य
(ग) नप्पा (घ) नाई

88. तद्भव शब्द का सही विकल्प चुनिये -
(क) स्वर्ण (ख) सुवरन
(ग) श्वसुर (घ) श्यालक

89. इनमें तद्भव शब्द का सही विकल्प कौन है -
(क) हड्डी (ख) हिंग
(ग) हीरक (घ) ओष्ठ

90. इनमें तद्भव शब्द का सही विकल्प कौन है -
(क) सिंगार (ख) शृंगार
(ग) शृंगारक (घ) शिक्षा

91. 'सृजन करने की इच्छा' के लिए उचित एक शब्द कौन-सा है?
(क) महत्त्वाकांक्षा (ख) आकांक्षा
(ग) सिसृक्षा (घ) सृजना

92. 'सोने के समान चोटियों वाला पहाड़' इस वाक्यांश के लिए उपयुक्त एक शब्द चुनिये -

(क) हिमाद्रि (ख) हेमाद्रि

(ग) हिमालय (घ) हिम

93. 'हिमालय पर निवास करनेवाला' इसके लिए उचित एक शब्द चुनिये-

(क) हिमवतन (ख) हिमैक

(ग) हिमवतिक (घ) हेमू

94. 'हवन की सामग्री' के लिए एक शब्द क्या होगा ?

(क) हवि (ख) छवि

(ग) बहि (घ) कुण्ड

95. 'जातरूप' के लिए इनमें से अनेकार्थक शब्द चुनिये -

(क) ईश्वर (ख) सोना

(ग) ब्रह्मा (घ) मानव

96. 'अज' के लिए सही अनेकार्थक शब्द चुनिये -

(क) बकरा (ख) इन्द्र

(ग) पृथ्वी (घ) पारा

97. 'कीश' के लिए सही अनेकार्थक शब्द चुनिये -

(क) खजूर (ख) श्रेणी

(ग) जंगल (घ) बंदर

98. 'छाजन' के लिए ऐसा शब्द चुनिये जो अनेकार्थक नहीं हो -

(क) अपरस (ख) रोग

(ग) छप्पर (घ) वस्त्र

99. इनमें से कौन 'कनक' का अनेकार्थक नहीं है ?

(क) खजूर (ख) सूर्य

(ग) गेहूँ (घ) धतूरा

100. 'अतिवृष्टि' के लिए इनमें से सही विपरीतार्थक शब्द का चयन कीजिए-

(क) अनावृष्टि (ख) तूफान

(ग) वर्षा (घ) अकाल

❖❖❖

उत्तरमाला

1. – ख	23. – ख	45. – घ	67. – ख	89. – क
2. – ख	24. – क	46. – ग	68. – घ	90. – क
3. – ग	25. – ग	47. – ग	69. – क	91. – ग
4. – क	26. – ख	48. – घ	70. – ख	92. – ख
5. – ग	27. – क	49. – क	71. – घ	93. – ग
6. – घ	28. – क	50. – ग	72. – घ	94. – क
7. – घ	29. – घ	51. – ख	73. – ग	95. – ख
8. – ग	30. – ग	52. – ख	74. – क	96. – क
9. – क	31. – ख	53. – क	75. – ग	97. – घ
10. – घ	32. – ग	54. – क	76. – क	98. – ख
11. – ग	33. – ग	55. – ख	77. – ग	99. – ख
12. – क	34. – घ	56. – ग	78. – ख	100. – क
13. – क	35. – ग	57. – घ	79. – ख	
14. – ग	36. – क	58. – ग	80. – ख	
15. – ग	37. – क	59. – क	81. – ख	
16. – ग	38. – घ	60. – घ	82. – क	
17. – क	39. – ग	61. – क	83. – ग	
18. – क	40. – क	62. – ख	84. – ग	
19. – घ	41. – ग	63. – क	85. – ख	
20. – ग	42. – क	64. – ख	86. – ग	
21. – घ	43. – ख	65. – घ	87. – घ	
22. – ख	44. – ग	66. – ख	88. – ख	

3

उपसर्ग, प्रत्यय, संधि, समास, मुहावरे, लोकोक्तियों से सम्बन्धित वस्तुनिष्ठ प्रश्न तथा उनके उत्तर।

वस्तुनिष्ठ प्रश्न

नीचे दिये गये पत्येक प्रश्न के उत्तर के लिए चार-चार विकल्प दिये गये हैं । इन विकल्पों में से एक विकल्प सही उत्तर है । प्रत्येक प्रश्न के सही उत्तर के लिए सही विकल्प का चयन कीजिए –

1. नादान में 'ना' उपसर्ग किस भाषा से आया है ?
   (क) हिन्दी (ख) उर्दू
   (ग) फरसी (घ) संस्कृत
2. इनमें से कौन शब्द 'सम्' उपसर्ग से बना है ?
   (क) संयोग (ख) सुकर्म
   (ग) स्वयंसेवक (घ) संतान
3. 'नीरोग' में कौन-सा उपसर्ग है ?
   (क) नी (ख) निर
   (ग) नि (घ) निस्
4. 'अल' किस भाषा का उपसर्ग है ?
   (क) हिन्दी (ख) संस्कृत
   (ग) अरबी (घ) फारसी
5. 'फिलहाल' में कौन-सा उपसर्ग है ?
   (क) फिल (ख) फी
   (ग) फिर (घ) फि
6. 'अत्याधुनिक' में कौन-सा उपसर्ग है ?
   (क) अ (ख) अति
   (ग) अप (घ) अव
7. 'अन्वेषण' में कौन-सा उपसर्ग है ?

(क) अ (ख) अनु

(ग) अप (घ) अपि

8. 'आगमन' में कौन-सा उपसर्ग है ?

(क) अ (ख) आ

(ग) अव (घ) अति

9. 'अध्ययन' में कौन-सा उपसर्ग है ?

(क) अ (ख) अति

(ग) अधि (घ) अप

10. 'उल्लंघन' में कौन-सा उपसर्ग है ?

(क) अ (ख) आ

(ग) उत् (घ) उप

11. 'उज्ज्वल' में कौन-सा उपसर्ग है ?

(क) उत् (ख) उप

(ग) अति (घ) अप

12. 'उज्जयिनी' में कौन-सा उपसर्ग है ?

(क) उप (ख) अप

(ग) अपि (घ) उत्

13. 'दुष्कृत्य' में कौन-सा उपसर्ग है ?

(क) दुस् (ख) दुर्

(ग) अ (घ) अभि

14. 'दुस्स्वप्न' में कौन-सा उपसर्ग है ?

(क) दुद् (ख) दुस्

(ग) उद (घ) उप

15. 'नि:श्वास' में कौन-सा उपसर्ग है ?

(क) नि (ख) निर्

(ग) निश् (घ) अपि

16. 'बामुलाहजा' में कौन-सा उपसर्ग है ?

(क) बहु (ख) बा

(ग) बर (घ) बिस्

17. 'लेखक' में प्रयुक्त सही प्रत्यय का चयन कीजिए -

(क) अक (ख) अन

(ग) अनीय (घ) अक्कड़

18. 'भुलक्कड़' में प्रयुक्त प्रत्यय का चयन कीजिए -

(क) आऊ (ख) अक

(ग) अक्कड़ (घ) आक

19. 'मुखिया' में प्रयुक्त प्रत्यय का चयन कीजिए -

(क) आर (ख) अन

(ग) इया (घ) उवा

20. 'गँवार' में प्रयुक्त प्रत्यय का चयन कीजिए -

(क) इया (ख) आर

(ग) अनीय (घ) आप

21. 'पछतावा' में प्रयुक्त प्रत्यय का चयन कीजिए -

(क) आवा (ख) आव

(ग) आन (घ) अन

22. 'उर्जस्वी' में प्रयुक्त प्रत्यय का चयन कीजिए -

(क) वाँ (ख) वी

(ग) ऊ (घ) आ

23. 'विद्यार्थी' में कौन-सी संधि है ?

(क) दीर्घ संधि (ख) गुण संधि

(ग) वृद्धि संधि (घ) यण संधि

24. 'सुरेन्द्र' में कौन-सी संधि है ?

(क) दीर्घ संधि (ख) गुण संधि

(ग) वृद्धि संधि (घ) यण संधि

25. 'गायन' में कौन-सी संधि है ?

(क) गुण संधि (ख) दीर्घ संधि

(ग) वृद्धि संधि (घ) अयादि संधि

26. 'विपज्जाल' में कौन-सी संधि है ?

(क) व्यंजन संधि (ख) विसर्ग संधि

(ग) स्वर संधि (घ) इनमें से कोई नहीं

27. 'निष्कपट' में कौन-सी संधि है ?

(क) स्वर संधि (ख) व्यंजन संधि
(ग) विसर्ग संधि (घ) उपर्युक्त में से कोई नहीं

28. 'संहार' में कौन-सी संधि है ?
(क) स्वर संधि (ख) व्यंजन संधि
(ग) विसर्ग संधि (घ) इनमें से कोई नही

29. 'वीरांगना' में कौन-सी संधि है ?
(क) स्वर संधि (ख) व्यंजन
(ग) विसर्ग संधि (घ) इनमें से कोई नहीं

30. 'मनोभाव' में कौन-सी संधि है ?
(क) स्वर संधि (ख) विसर्ग संधि
(ग) व्यंजन संधि (घ) इनमें से कोई नहीं

31. 'आपत्काल' शब्द की संधि का सही विकल्प बताइये -
(क) आपद् + काल (ख) आप + काल
(ग) अपदा + कल (घ) आप + द्काल

32. 'विपत्ति' शब्द की संधि का सही विकल्प बताइये -
(क) विप + त्ति (ख) विपद् + इति
(ग) विपद् + ति (घ) विपदा + ति

33. 'व्याप्त' शब्द की संधि का सही विकल्प बताइये -
(क) वि + अप्त (ख) वि + आप्त
(ग) वि + व्याप्त (घ) वे + आप्त

34. 'दिग्भ्रम' शब्द की संधि का सही विकल्प बताइये -
(क) दिः + भ्रम (ख) दिक् + भ्रम
(ग) दिक + भम (घ) दिः + भम्र

35. संधि के मुख्य भेद कितने है ?
(क) दो (ख) तीन
(ग) चार (घ) पाँच

36. संधि का अर्थ इनमें से कौन सही है ?
(क) दो शब्दों को जोड़ना
(ख) दो अक्षरों को जोड़ना
(ग) दो अक्षरों के मेल से तीसरा अक्षर बनाना
(घ) दो अक्षरों में रूप परिवर्तन

37. व्यंजन संधि में किस-किस का मेल होता है ?

(क) केवल व्यंजन का (ख) केवल विसर्ग का

(ग) व्यंजन और विसर्ग का (घ) स्वर या विसर्ग का

38. इनमें से कौन-सी संधि स्वर-संधि का भेद नहीं है ?

(क) विसर्ग संधि (ख) दीर्ध संधि

(ग) यण सं‌धि (घ) गुण संधि

39. स्वर संधि के कितने भेद है ?

(क) तीन (ख) चार

(ग) पाँच (घ) छः

40. विसर्ग संधि में किसका मेंल होता है ?

(क) विसर्ग के साथ स्वर या व्यंजन

(ख) विसर्ग के साथ विसर्ग

(ग) विसर्ग और स्वर

(घ) विसर्ग और व्यंजन

41. एक ही जाति के लघु और दीर्घ स्वरों का मिलाकर दीर्ध होना किस संधि का लक्षण है ?

(क) गुण संधि (ख) दीर्ध संधि

(ग) वृद्धि संधि (घ) अयादि संधि

42. 'सूर्योदय' में कौन-सी संधि है ।

(क) गुण (ख) दीर्ध

(ग) वृद्धि (घ) यण

43. 'उल्लास' में कौन-सी संधि है ।

(क) व्यंजन (ख) स्वर

(ग) विसर्ग (घ) इनमें से कोई नहीं

44. इनमें से कौन 'दीर्ध' संधि का उदाहरण नहीं है ?

(क) हिमालय (ख) कवीन्द्र

(ग) महोदय (घ) सूक्ति

45. इनमें से 'विसर्ग' संधि का उदाहरण कौन नहीं है ?

(क) निश्चित (ख) उल्लेख

(ग) नीरव (घ) निष्ठुर

46. 'भावुक' में कौन-सी संधि है ।

(क) अयादि (ख) गुण

(ग) यण (घ) दीर्ध

47. 'स्वागत' में कौन-सी संधि है ।

(क) यण (ख) दीर्ध

(ग) गुण (घ) पूर्वरूप

48. इनमें कौन-सा संधि-विच्छेद व्यंजन संधि के अन्तर्गत नहीं है ?

(क) किम् + चित् (ख) उत् + अय

(ग) जगत् + नाथ (घ) पौ + अन

49. गीतांजलि का सही संधि-विच्छेद कौन है ?

(क) गीता + जली (ख) गीता + अंजलि

(ग) गीत + अंजलि (घ) गीत + जंलि

50. 'स्वागत' का सही संधि-विच्छेद कौन है ?

(क) स्व + आगत (ख) स्वा + आगत

(ग) सु + आगत (घ) सु + वागत

51. 'यशोधरा' का सही संधि-विच्छेद का चयन कीजिए -

(क) यश् + उधरा (ख) यशो + धरा

(ग) यश + अधरा (घ) यशः + धरा

52. 'निरर्थक' का सही संधि-विच्छेद कौन है ?

(क) निः + अर्थक (ख) निर् + अर्थक

(ग) निर् + सार्थक (घ) निः + सार्थक

53. किस समास के प्रथम पद में संख्यावाचक शब्द होता है ?

(क) कर्मधारय (ख) द्वन्द्व

(ग) द्विगु (घ) बहुब्रीहि

54. विभक्ति पर आधारित सर्वाधिक भेद किस समास में है ?

(क) बहुब्रीहि (ख) तत्पुरूष

(ग) द्वन्द्व (घ) अव्ययीभाव

55. विशेषण और संज्ञा से सम्बन्ध वाले शब्द में कौन-सा समास होता है?

(क) कर्मधारण (ख) बहुब्रीह

(ग) द्वन्द्व (घ) अव्ययीभाव

56. किस समास का अंतिम पद प्रधान होता है ?
(क) तत्पुरूष (ख) कर्मधारण
(ग) अव्ययीभाव (घ) बहुब्रीह

57. विभक्ति के आधार पर तत्पुरूष समास के कितने भेद है -
(क) चार (ख) पाँच
(ग) छः (घ) सात

58. 'लम्बोदर' में कौन समास है ?
(क) तत्पुरुष (ख) कर्मधारय
(ग) बहुब्रीहि (घ) द्विगु

59. 'पंचवटी' में कौन समास है ?
(क) द्वन्द्व (ख) तत्पुरुष
(ग) द्विगु (घ) कर्मधारय

60. 'मिठबोला' में कौन समास है ?
(क) कर्मधारय (ख) अव्ययीभाव
(ग) बहुब्रीहि (घ) तत्पुरुष

61. 'अठन्नी' के लिए उपयुक्त समास का चयन कीजिए -
(क) तत्पुरुष (ख) द्विगु
(ग) बहुब्रीहि (घ) कर्मधारय

62. 'सुमति' में कौन-सा समास है ?
(क) बहुब्रीहि (ख) कर्मधारय
(ग) अव्ययीभाव (घ) तत्पुरुष

63. 'सुखप्राप्त' में कौन समास है ?
(क) द्विगु (ख) तत्पुरुष
(ग) द्वन्द्व (घ) कर्मधाराय

64. सामान्य अर्थ को छोड़कर विशिष्ट अर्थ प्रकट करने वाले शब्द में कौन समास होता है ?
(क) अव्ययीभाव (ख) द्विगु
(ग) बहुब्रीहि (घ) द्वन्द्व

65. द्वन्द्व समास में निम्नलिखित में से कौन-सा लक्षण नहीं है ?
(क) दो पदों के बीच का 'और' हट जाता है ।

(ख) प्रथम पद संज्ञा और दूसरा पद विशेषण होता है ।

(ग) दोनो पद प्रधान होता है ।

(घ) इससे बने शब्द प्राय: बहुबचन में होते हैं ।

66. 'गगनचुम्बी' का समास बताइये –

(क) द्वन्द्व (ख) तत्पुरुष

(ग) बहुब्रीहि (घ) कर्मधारय

67. 'यथासंभव' का समास बताइये –

(क) द्विगु (ख) तत्पुरुष

(ग) कर्मधारय (घ) अव्ययीभाव

68. 'लौहपुरुष' का समास बताइये –

(क) कर्मधारय (ख) तत्पुरुष

(ग) बहुब्रीहि (घ) द्विगु

69. इनमें से किसमें अव्ययीभाव समास है ?

(क) पंचप्यारे (ख) नवरत्न

(ग) भूखा-प्यासा (घ) आजन्म

70. इसमें से किसमें कर्मधारय समास है ?

(क) चरणकमल (ख) लेनदेन

(ग) नीलाम्बर (घ) विद्यारत्न

71. इनमें से किसमें द्वन्द्व समास नहीं है ?

(क) धन-धान्य (ख) घर-बाहर

(ग) हरिशंकर (घ) दिन-दिन

72. इनमें से किसमें अव्ययीभाव समास नहीं है ?

(क) द्वार-द्वार (ख) प्रतिवर्ष

(ग) कपड़ा-लत्ता (घ) बीचो-बीच

73. 'बारहसिंगा' में कौन समास है ?

(क) द्विगु (ख) बहुब्रीहि

(ग) कर्मधारय (घ) द्वन्द्व

74. 'शैलनंदिनी' में कौन समास है ?

(क) द्विगु (ख) द्वन्द्व

(ग) बहुब्रीहि (घ) तत्पुरुष

75. 'चौहद्दी' में कौन समास है ?

(क) द्वन्द्व (ख) द्विगु

(ग) बहुब्रीहि (घ) तत्पुरुष

76. 'शताब्दी' में कौन समास है ?

(क) द्विगु (ख) अव्ययीभाव

(ग) द्वन्द्व (घ) तत्पुरुष

77. 'खटमीठा' में कौन समास है ?

(क) द्विगु (ख) द्वन्द्व

(ग) तत्पुरुष (घ) कर्मधारय

78. 'नरोत्तम' में कौन समास है ?

(क) तत्पुरुष (ख) कर्मधारय

(ग) बहुब्रीहि (घ) अव्ययीभाव

79. 'मनोहर' में कौन समास है ?

(क) तत्पुरुष (ख) कर्मधारय

(ग) अव्ययीभाव (घ) बहुब्रीहि

80. 'त्रिनेत्र' में कौन समास है ?

(क) द्विगु (ख) द्वन्द्व

(ग) बहुब्रीहि (घ) तत्पुरुष

81. 'मेधाच्छन्न' में कौन समास है ?

(क) तत्पुरुष (ख) कर्मधारय

(ग) बहुब्रीहि (घ) अव्ययीभाव

82. 'गिरिधर' में कौन समास है ?

(क) द्वन्द्व (ख) बहुब्रीहि

(ग) कर्मधारय (घ) तत्पुरुष

83. 'अकारण' में कौन समास है ?

(क) द्विगु (ख) द्वन्द्व

(ग) अव्ययीभाव (घ) तत्पुरुष

84. 'सूर्योदय' में कौन समास है ?

(क) द्विगु (ख) द्वन्द्व

(ग) तत्पुरुष (घ) अव्ययीभाव

85. 'मंत्रिपरिषद्' में कौन समास है ?

(क) तत्पुरुष (ख) द्वन्द्व

(ग) द्विगु (घ) कर्मधारय

86. 'पदच्युत' में कौन समास है ?

(क) कर्मधारय (ख) तत्पुरुष

(ग) बहुब्रीहि (घ) अव्ययीभाव

87. 'अरण्य रोदन' का सही अर्थ बताइये -

(क) ऐसा कथन जिस पर सब ध्यान दे

(ख) ऐसा कथन जिस पर कोई ध्यान न दे

(ग) व्यर्थ में रोना

(घ) चोट लगने पर रोना

88. 'अक्ल की रोटी खाना' का सही अर्थ बताइये -

(क) बुद्धिमानी से जीविका चलाना

(ख) मूर्ख होना

(ग) बुद्धिमान होना

(घ) श्रम से जीविका चलाना

89. 'अक्ल चकराना' का सही अर्थ बताइये -

(क) सब समझ में आना

(ख) कुछ समझ में न आना

(ग) बुद्धि का प्रयोग न करना

(घ) अधिक बुद्धिमान होना

90. 'अंगुली पर नचाना' का सही अर्थ बताइये -

(क) झगड़ा करना (ख) अच्छा नाच करना

(ग) नाचने में प्रवीण (घ) बश में करना

91. 'अड़ियल टट्टू' का सही अर्थ बताइये -

(क) जिद्दी (ख) सीधा

(ग) बुद्धिमान (घ) मूर्ख

92. 'अथ से इति तक ' का सही अर्थ बताइये -

(क) कभी-कभी (ख) आरंभ से अंत तक

(ग) सदैव (घ) कभी नहीं

93. 'आठ-आठ आँसू रोना' का सही अर्थ बताइये -

(क) बिलख-बिलख कर रोना

(ख) बहुत विलाप करना

(ग) बुरी तरह पछताना

(घ) नाटक करना

94. 'आँख मे चर्बी छाना' का सही अर्थ बताइये -

(क) मंदाध होना (ख) निर्दयी होना

(ग) विभ्रम होना (घ) दयालु होना

95. 'उल्टे पाँव लौटना' का सही अर्थ बताइये -

(क) शीध्र लौटना (ख) तेज चाल से चलना

(ग) निराश लौटना (घ) (ख) व (ग) दोनों

96. 'कलेजा मुँह को आना' का सही अर्थ बताइये -

(क) नाराज होना (ख) किसी व्यथा से बेचैन होना

(ग) किसी काम में फँसना (घ) दु:ख होना

97. 'खून सवार होना' का सही अर्थ बताइये -

(क) क्रोध आना

(ख) किसी को मार डालने के लिए उद्यत होना

(ग) किसी को भड़काना

(घ) बेकाबू हो जाना

98. 'खरा खेल फर्रूखाबादी' का सही अर्थ बताइये -

(क) निष्कपट व्यवहार (ख) ईमानदार

(ग) बेईमान (घ) परिश्रमी होना

99. 'गड़े मुर्दे उखाड़ना' का सही अर्थ बताइये -

(क) पुराने विवाद की चर्चा करना

(ख) विश्राम करना

(ग) सुलह करना

(घ) संघर्ष करना

100. 'छठी का दूध याद दिलाना' का सही अर्थ बताइये -

(क) तौबा करना (ख) आराम से रहना

(ग) निराश करना (घ) बहुत परेशान करना

101. 'अकेला चना भाड़ नहीं फोड़ता' का सही अर्थ बताइये -

(क) अकेला व्यक्ति बेकार होता है

(ख) अकेला व्यक्ति किसी से लड़ नहीं सकता

(ग) अकेला व्यक्ति कोई बड़ा काम नहीं कर पाता

(घ) इनमें से कोई नहीं

102. 'अल खामोशी नीम रजा' का सही अर्थ बताइये -

(क) नीच व्यक्ति विवाद में उलझा रहता है

(ख) खामोश व्यक्ति का व्यक्तित्व असाधारण होता है

(ग) चुप रहना स्वीकृति का लक्षण है

(घ) खामोशी में विवाद समाप्त हो जाता है

103. 'एक अनार सौ बीमार' का सही अर्थ बताइये -

(क) एक वस्तु के कम चाहने वाले

(ख) एक वस्तु के अनेक चाहने वाले

(ग) माँग कम पूर्ति अधिक

(घ) अनार बहुत फलदायी होता है

104. 'गीदड़ की मौत आती है तो वह शहर की ओर भागता है' - इस लोकोक्ति का अर्थ बताइये -

(क) मुसीबत मनुष्य को अपनी ओर खींचती है

(ख) गीदड़ को शहर प्रिय लगता है

(ग) मुसीबत मनुष्य को दूसरी ओर खींचती है

(घ) साहसी व्यक्ति मृत्यु की परवाह नहीं करता

105. 'जिन ढूढ़ा तिन पाईयाँ गहरे पानी पैठ' इस उक्ति का सही अर्थ बताइये-

(क) परिश्रम का फल मीठा होता है

(ख) परिश्रमी को सफता मिलती है

(ग) खोजने पर सब कुछ मिल जाता है

(घ) संघर्ष ही जीवन है

106. 'जब तक साँस तब तक आस' का सही अर्थ बताइये -

(क) कभी निराश नहीं होना चाहिए

(ख) आशा जीवन पर्यन्त बनी रहती है

(ग) मनुष्य का जीवन बहुत प्रिय है

(घ) जीवन अमूल्य है

107. 'तीन लोक में मथुरा न्यारी' का सही अर्थ बताइये -

(क) समान स्थिति (ख) सबसे अलग स्थिति

(ग) विकट स्थिति (घ) इनमें से कोई नहीं

108. 'रस्सी जल गई पर ऐंठन नहीं गई' - का सही अर्थ बताइये-

(क) व्यक्ति कभी नहीं सुधरता

(ख) व्यक्ति के संस्कार नहीं बदलते

(ग) सर्वनाश हो गया पर घमण्ड नहीं गया

(घ) व्यक्ति के कार्य नहीं बदलते

109. 'सत्तर चूहे खाकर बिल्ली चली हज को'-इस लोकोक्ति का सही अर्थ बताइये-

(क) जीवन के अंत में उपकार करना

(ख) जीवनभर लोगों पर अत्याचार करना

(ग) जीवन भर कुकर्म करने के बाद अंत समय में सत्कर्म करना

(घ) धर्म के नाम पर ठगी करना

110. 'होनहार बिरबान के होत चीकने पात' का सही अर्थ बताइये-

(क) उन्नतिशील बालक के लक्षण बचपन से ही दिखाई पड़ते है

(ख) उन्नतिशील व्यक्ति सदैव नम्र होता है

(ग) चिकने पत्तों वाला पौधा भरपूर वृद्धि करता है

(घ) श्रेष्ठ वस्तु स्वतः दिखाई पड़ जाती है

111. 'लाले पड़ना' मुहावरे का सही अर्थ बताइये -

(क) किसी कार्य की अति (ख) विश्वास की जीत

(ग) अत्यधिक अभाव (घ) मुँह का लाल होना

112. 'बाग-बाग होना' मुहावरे का सही अर्थ बताइये -

(क) रोना (ख) खुश होना

(ग) खेलना (घ) नाराज होना

113. 'बावन तोले पाँच रत्ती' का सही अर्थ बताइये -

(क) गलत हिसाब (ख) सही निर्णय

(ग) निरर्थक कार्य (घ) बिल्कुल ठीक हिसाब

114. 'शेर की सवारी करना' का सही अर्थ बताइये -

(क) दुर्गा भवानी बनना (ख) अच्छे कार्य करना

(ग) खतरनाक कार्य करना (घ) बहुत परिश्रम करना

115. 'लट्टू होना' का सही अर्थ बताइये –

(क) किसी पर रीझना (ख) किसी का न होना

(ग) गोल-मटोल होना (घ) धोखेबाज होना

116. 'मुँह में दाँत न होना' का सही अर्थ बताइये –

(क) सामर्थ्य न होना (ख) दाँतो की बीमारी होना

(ग) सामर्थ्य होना (घ) अनाप-शनाप बकना

117. 'भानुमती का पिटारा' का सही अर्थ बताइये –

(क) वह पात्र जिसमें तरह-तरह की चीचें मौजूद हों

(ख) जादू का खेल (ग) मूर्खता पूर्वक

(घ) भानुमती का जादू

118. 'फूल सूँघकर रहना' का सही अर्थ बताइये –

(क) अधिक खाना (ख) सुगन्ध होना

(ग) कम खाना (घ) विचार करना

119. 'अंधे के हाथ बटेर लगना' का सही अर्थ बताइये –

(क) शिकारी को शिकार मिलना

(ख) अयोग्य व्यक्ति को बहुमूल्य वस्तु मिलना

(ग) लाटरी खुलना (घ) बिना प्रयास के सफल होना

120. 'गुड़ गोबर कर देना' का सही अर्थ बताइये –

(क) बना-बनाया काम बिगाड़ना

(ख) काम न बनने देना

(ग) बात को बिगाड़ना

(घ) आग में घी डालना

121. 'चोर की दाढ़ी में तिनका होना' का सही अर्थ बताइये –

(क) चोरी करके सबूत छिपाना

(ख) चोरी करके बहाने बनाना

(ग) अपराधी का स्वयं शंकित होना

(घ) चोरी और सीना जोरी करना

122. 'चुल्लू भर पानी में डूबना' का सही अर्थ बताइये –

(क) अत्यधिक शर्मिदा होना

(ख) पश्चाताप करना

(ग) अवसर का लाभ न उठाने पर दुःखी होना

(घ) बुरे कार्य पर लज्जा न आना

123. 'घुटने टेक देना' का सही अर्थ बताइये -

(क) अत्यंत थक जाना

(ख) थककर बीच में ही काम छोड़ देना

(ग) हार मान लेना

(घ) निराश हो जाना

124. 'दाल में काला होना' का सही अर्थ बताइये -

(क) अनुभवहीन होना (ख) दाल का अधपका होना

(ग) दाल में कीड़ा होना (घ) संदेह की बात होना

125. 'पानी में आग लगाना' का सही अर्थ बताइये -

(क) शांति में विघ्न डालना

(ख) क्रोधित होना

(ग) पुरानी दुश्मनी को ताजा करना

(घ) असम्भव कार्य करने की ठान लेना

उत्तरमाला

1. – ग	26. – क	51. – घ	76. – घ	101. – ग
2. – क	27. – ग	52. – क	77. – ख	102. – ख
3. – ग	28. – ख	53. – ग	78. – क	103. – क
4. – ग	29. – क	54. – ख	79. – क	104. – ख
5. – क	30. – ख	55. – क	80. – ग	105. – ख
6. – ख	31. – क	56. – क	81. – क	106. – ख
7. – ख	32. – ग	57. – ग	82. – ख	107. – ग
8. – ख	33. – ख	58. – ग	83. – ग	108. – ग
9. – ग	34. – ख	59. – ग	84. – ग	109. – ग
10. – ग	35. – ख	60. – क	85. – क	110. – क
11. – क	36. – ग	61. – ख	86. – ख	111. – ख
12. – घ	37. – क	62. – ख	87. – ख	112. – ग
13. – क	38. – क	63. – ख	88. – क	113. – घ
14. – ख	39. – ग	64. – ग	89. – ख	114. – ख
15. – ग	40. – क	65. – ख	90. – घ	115. – क
16. – ख	41. – ख	66. – ख	91. – क	116. – क
17. – क	42. – क	67. – घ	92. – ग	117. – क
18. – ग	43. – क	68. – क	93. – ग	118. – ख
19. – ग	44. – ग	69. – घ	94. – क	119. – ख
20. – ख	45. – ख	70. – क	95. – ख	120. – क
21. – क	46. – क	71. – ग	96. – ख	121. – ग
22. – ख	47. – क	72. – ख	97. – ख	122. – क
23. – क	48. – घ	73. – क	98. – क	123. – ख
24. – ख	49. – ग	74. – ग	99. – क	124. – घ
25. – घ	50. – ग	75. – ख	100. – घ	125. – क

4

लिंग, वचन, कारक से सम्बन्धित वस्तुनिष्ठ प्रश्न एवं उनके उत्तर

वस्तुनिष्ठ प्रश्न

नीचे दिये गये प्रत्येक प्रश्न के उत्तर के लिए चार-चार विकल्प दिये गये हैं । इन विकल्पों में से एक विकल्प सही उत्तर है । प्रत्येक प्रश्न के सही उत्तर के लिए सही विकल्प का चयन कीजिए –

1. इनमें कौन-सा शब्द स्त्रीलिंग है ?
   (क) कार्य (ख) कर्म
   (ग) मित्र (घ) कृपा
2. इनमें कौन-सा शब्द स्त्रीलिंग है ?
   (क) मखमल (ख) भीड़
   (ग) गद्दा (घ) सौभाग्य
3. इनमें कौन-सा शब्द स्त्रीलिंग है ?
   (क) शताब्दी (ख) राष्ट्र
   (ग) उपन्यास (घ) निमंत्रण
4. इनमें कौन-सा शब्द स्त्रीलिंग नहीं है ?
   (क) झुरमुट (ख) इच्छा
   (ग) उपासना (घ) अन्तयेष्ठि
5. इनमें कौन-सा शब्द स्त्रीलिंग है ?
   (क) खुदाई (ख) खटपट
   (ग) उपवास (घ) कक्षा
6. इनमें कौन-सा शब्द स्त्रीलिंग है ?
   (क) पिस्तौल (ख) क्रीड़ा
   (ग) मोती (घ) मशीन
7. इनमें कौन-सा शब्द पुल्लिग है ?

(क) तिलक (ख) ठेस

(ग) दंगा (घ) पदार्थ

8. इनमें कौन-सा शब्द पुल्लिग है ?

(क) बोझ (ख) दलाल

(ग) नृत्य (घ) चुप्पी

9. इनमें कौन-सा शब्द पुल्लिग है ?

(क)पाताल (ख) झील

(ग) रेगिस्तान (घ) पर्वत

10. इनमें कौन-सा शब्द पुल्लिग है ?

(क) कौम (ख) तरबूज

(ग) घृणा (घ) कोख

11. इनमें कौन-सा शब्द पुल्लिग है ?

(क) कटुता (ख) उलझन

(ग) विस्फोट (घ) खड़ाऊँ

12. इनमें कौन-सा शब्द पुल्लिग है ?

(क) उपेक्षा (ख) ईंट

(ग) प्रलाप (घ) इजाजत

13. पुल्लिग-स्त्रीलिंग के जोड़े में कौन-सा जोड़ा सही नहीं है ?

(क) भगवान भागवंती (ख) गधा - गधी

(ग) देव - देवी (घ) नाला - नाली

14. पुल्लिग-स्त्रीलिंग के जोड़े में कौन-सा जोड़ा सही नहीं है ?

(क) हलवाई - हलवाइन (ख) साला - साली

(ग) श्याम - गौरी (घ) मेढ़क - मेढ़की

15. पुल्लिग-स्त्रीलिंग के जोड़े में कौन-सा जोड़ा सही नहीं है ?

(क) लाल - लालिमा (ख) श्रीमान् - श्रीमती

(ग) देवर - देवरानी (घ) इन्द्र - इन्द्रा

16. पुल्लिग-स्त्रीलिंग के जोड़े में कौन-सा जोड़ा सही नहीं है ?

(क) चंचल - चंचली (ख) नायक - नायिका

(ग) पाठक - पाठिका (घ) सेवक - सेविका

17. पुल्लिंग-स्त्रीलिंग के जोड़े में कौन-सा जोड़ा सही नहीं है ?

(क) मोटा - मोटी (ख) दाता - दानी

(ग) तेली - तेलिन (घ) धोबी - धोबिन

18. विकल्पों में से पुल्लिंग शब्द का चयन कीजिए -

(क) चमक (ख) संसद

(ग) पापड़ (घ) गंगा

19. विकल्पों में से पुल्लिंग शब्द का चयन कीजिए -

(क) चौपड़ (ख) कसरत

(ग) आँत (घ) दुशाला

20. विकल्पों में से कौन पुल्लिंग नहीं है ?

(क) मंत्रणा (ख) सींग

(ग) शैशव (घ) संयोग

21. विकल्पों में से स्त्रीलिंग शब्द चुनिये -

(क) पीपल (ख) संघटन

(ग) जिज्ञासा (घ) वैभव

22. इनमें से कौन-सा शब्द स्त्रीलिंग नहीं है ?

(क) कम्बल (ख) कतार

(ग) कसक (घ) अवस्था

23. इनमें से कौन-सा शब्द स्त्रीलिंग है ?

(क) अफवाह (ख) घराना

(ग) घड़ियाल (घ) लोकतंत्र

24. इनमें से कौन-सा शब्द स्त्रीलिंगं है ?

(क) गिलाफ (ख) मर्यादा

(ग) गजट (घ) कल्याण

25. इनमें कौन-सा शब्द पुल्लिंग है ?

(क) उपासना (ख) पूजा

(ग) संध्या (घ) स्पर्श

26. अपादान कारक की विभक्ति बताइये -

(क) ने (ख) से

(ग) को (घ) को, के, लिए

27. कारक के कितने भेद है ?
(क) पाँच (ख) छः
(ग) सात (घ) आठ

28. कौन-सा वाक्य सम्प्रदान कारक नहीं है ?
(क) वह जन्म का भिखारी है ।
(ख) राम ने रोटी खायी थी ।
(ग) उसे आगरा जाना है ।
(घ) मैं पानी पीने लगा ।

29. 'हिमालय से गंगा निकलती है' - इसमें कौन कारक है ?
(क) कर्त्ताकारक (ख) करण कारक
(ग) अपादान कारक (घ) सम्प्रदान कारक

30. विभक्ति और कारक का कौन- सा युग्म अशुद्ध है ?
(क) कर्त्ता - ने (ख) अपादान - को, के, लिए
(ग) कर्म - को (घ) करण - से

31. 'गुरू शिष्य को ज्ञान देता है'-यह वाक्य किस कारक का है?
(क) सम्बन्ध (ख) सम्प्रदान
(ग) कर्म (घ) अपादान

32. 'प्रत्येक' शब्द का प्रयोग सदैव होता है ?
(क) एकवचन में (ख) बहुवचन में
(ग) उपर्युक्त दोनों में (घ) इनमें से कोई नहीं

33. हिन्दी में कितने वचन है ?
(क) दो (ख) तीन
(ग) चार (घ) एक

34. इनमें कौन-सा युग्म शब्द अशुद्ध है ?
(क) हाथी - हथिनी (ख) आदत - आदतें
(ग) पहिया - पहिये (ग) कामना - कामनाएँ

35. इनमें कौन-सा युग्म शब्द अशुद्ध है ?
(क) बच्चा - बच्चे (ख) घर - घरों
(ग) पति - पतियों (घ) बालक - बालकों

36. इनमें से कौन-सा शब्द सदैव एकवचन में प्रयुक्त होता है ?

(क) धन (ख) सोना

(ग) उपर्युक्त दोनों (घ) इनमें से कोई नहीं

37. इनमें से कौन-सा शब्द सदैव बहुवचन में प्रयुक्त होता है ?

(क) प्राण (ख) ओठ

(ग) अक्षत (घ) उपर्युक्त सभी

38. किस शब्द के बहुवचन में परिवर्तन होता है ?

(क) पहिया (ख) योद्धा

(ग) युवा (घ) छात्र

39. आप का बहुवचन क्या होगा ?

(क) आपलोग (ख) हम

(ग) वे (घ) इनमें से कोई नहीं

40. इनमे से कौन-सा शब्द दोनों वचनों में एक-सा नहीं रहता है?

(क) सड़क (ख) नाना

(ग) आत्मा (घ) साधु

41. 'हे भगवान्! मेरी रक्षा करों'-यह वाक्य किस कारक का है?

(क) करणकारक (ख) सम्बोधन कारक

(ग) सम्बन्ध कारक (घ) अधिकरण कारक

42. इनमें से कौन वाक्य अपादान कारक नहीं है ?

(क) लड़का पेड़ से गिर पड़ा ।

(ख) वह घर से बाहर आया ।

(ग) बिल्ली छत से कूद पड़ी ।

(घ) लड़की जाड़े से काँप रही थी ।

43. 'उसने टेढ़ी चाल चली' - इस वाक्य में कौन कारक है ?

(क) कर्मकारक (ख) कर्त्ता कारक

(ग) सम्बन्ध कारक (घ) अधिकरण कारक

44. 'बिल्ली छत पर बैठी है' - इस वाक्य में कौन कारक है ?

(क) कर्त्ताकारक (ख) अपादान कारक

(ग) अधिकरण कारक (घ) सम्बोधन कारक

45. 'वह घर में सोया है' - इस वाक्य में कौन कारक है ?

(क) अधिकरण कारक (घ) अपादान कारक

(ग) कर्त्ता कारक (घ) कर्म कारक

46. 'को' किस कारक की विभक्ति है ?

(क) कर्त्ता (ख) कर्म

(ग) सम्प्रदान (घ) अपादन

47. इनमें से पुल्लिग चुनिये -

(क) बचपन (ख) माला

(ग) बातचीत (घ) चेतना

48. इनमें से पुल्लिग चुनिये -

(क) सारस (ख) सरसो

(ग) मकई (घ) मूँग

49. इनमें से स्त्रीलिंग चुनिये -

(क) वज्र (ख) वसन्त

(ग) भगदड़ (घ) शील

50. इनमें से स्त्रीलिंग चुनिये -

(क) गेहूँ (ख) मक्का

(ग) बाजरा (घ) चावल

❖❖❖

उत्तरमाला

1. – घ	14. – ग	25. – घ	38. – क
2. – ख	15. – घ	26. – ख	39. – क
3. – क	16. – क	27. – घ	40 – क
4. – क	17. – ख	28. – क	41. – ख
5. – ग	18. – ग	29. – ग	42. – घ
6. – ग	19. – घ	30. – ख	43. – ख
7. – ख	20. – क	31. – ख	44. – ग
8. – घ	21. – ग	32. – क	45. – क
9. – ख	22. – क	33. – क	46. – ख
10. – ख	23. – क	34. – क	47. – क
11. – ग	24. – ख	35. – ग	48. – क
12. – ग	25. – घ	36. – ग	49. – ग
13. – क	26. – ख	37. – घ	50. – ख

5

काव्यशास्त्र

काव्य, परिभाषा, प्रयोजन, भेद, विभिन्न सम्प्रदाय, रस, अलंकार, छंद ।

वस्तुनिष्ठ प्रश्न

नीचे दिये गये पत्येक प्रश्न के उत्तर के लिए चार-चार विकल्प दिये गये हैं । इन विकल्पों में से एक विकल्प सही उत्तर है । प्रत्येक प्रश्न के सही उत्तर के लिए सही विकल्प का चयन कीजिए –

1. किस पाश्चात्य आलोचक ने काव्य को जीवन की आलोचना माना है?
   (क) मैथ्यू आर्नल्ड (ख) बर्ड्सवर्थ
   (ग) पी0 बी0 शैली (घ) जॉन स्टुअर्ट मिल
2. इनमें से अलंकार सम्प्रदाय के प्रर्वतक कौन हैं ?
   (क) दण्डी (ख) आनन्द वर्धन
   (ग) भामह (घ) विश्वनाथ
3. किस आचार्य ने रस को काव्य का मुख्य तत्त्व स्वीकार किया?
   (क) कुलपति मिश्र(ख) भरतमुनि
   (ग) कुन्तक (घ) राजशेखर
4. "साहित्यकार का काम केवल पाठकों का मन बहलाना नहीं है"- प्रेमचन्द की इस उक्ति में किस प्रयोजन की ओर संकेत है ?
   (क) कला आंनद के लिए(ख) कला कला के लिए
   (ग) कला जीवन के लिए (घ) इनमें से कोई नहीं
5. भट्ट लोल्लट का 'उत्पत्तिवाद' किसकी विवेचना करता है ?
   (क) ध्वनि (ख) रस
   (ग) रीति (घ) अलंकार
6. काव्य रचना के लिए कौन-सा तत्त्व आवश्यक है ?
   (क) अभ्यास (ख) प्रतिभा
   (ग) अध्ययन (घ) उपर्युक्त सभी

7. 'केवल कविता के लिए कविता करना तमाशा है' यह किसकी उक्ति है ?

(क) प्रेमचन्द (ख) रामचन्द्र शुक्ल

(ग) महावीर प्रसाद द्विवेदी (घ) जयशंकर प्रसाद

8. इनमें खण्ड काव्य की कौन-सी विशेषता नहीं है ?

(क) किसी एक रस की प्रमुखता

(ख) नायक के सम्पूर्ण जीवन वृत्तांत का वर्णन

(ग) जीवन के किसी एक पक्ष का चित्रण

(घ) आकार में सीमित होना

9. प्रबन्ध काव्य के कितने भेद हैं ?

(क) तीन (ख) चार

(ग) पाँच (घ) दो

10. इनमें से कौन-सी विशेषता महाकाव्य में नहीं होती है ?

(क) उद्देश्य सिद्धि (ख) मनोरंजक काव्य शैली

(ग) महान् चरित नायक (घ) सर्ग बद्धता

11. काव्य के प्रमुख भेद कितने हैं ?

(क) दो (ख) तीन

(ग) चार (घ) पाँच

12. काव्य के कितने गुण माने गये हैं ?

(क) दो (ख) तीन

(ग) पाँच (घ) आठ

13. आचार्य क्षेमेन्द्र किस सम्प्रदाय के प्रवर्तक है ?

(क) बक्रोक्ति (ख) रीति

(ग) औचित्य (घ) ध्वनि

14. काव्य-शास्त्र का प्रथम सम्प्रदाय कौन है ?

(क) रस (ख) रीति

(ग) वक्रोक्ति (घ) अलंकार

15. रीतिकाल में रस सम्प्रदाय का प्रथम आचार्य कौन है ?

(क) देव (ख) चिंतामणि त्रिपाठी

(ग) केशवदास (घ) भानुदत्त

16. शृंगार रस का स्थायी भाव क्या है ?
(क) रति (ख) शोक
(ग) विस्मय (घ) हास्य

17. वीर रस का स्थायी भाव क्या है ?
(क) शोक (ख) उत्साह
(ग) भय (घ) निर्वेद

18. रौद्र रस का स्थायी भाव क्या है ?
(क) शोक (ख) भय
(ग) घृणा (घ) क्रोध

19. 'शोक' किस रस का स्थायी भाव है ?
(क) वीभत्स रस (ख) करुण रस
(ग) अद्भुत रस (घ) वीर रस

20. काव्य में कितने रस माने जाते हैं ?
(क) सात (ख) आठ
(ग) नौ (घ) छः

21. 'यशोदा हरि पालने झुलावै' - इसमें कौन रस है ?
(क) करुण रस (ख) वात्सल्य रस
(ग) भक्ति रस (घ) अद्भुत रस

22. 'निसिदिन बरसत नयन हमारे' - इसमें कौन रस है ?
(क) करुण रस (ख) हास्य रस
(ग) वीर रस (घ) वियोग शृंगार रस

23. छन्द शास्त्र में गणों की संख्या कितनी है ?
(क) 4 (ख) 5
(ग) 7 (घ) 8

24. किस छन्द का प्रथम और अंतिम अक्षर एक-सा होता है ?
(क) चौपाई (ख) कुण्डलियाँ
(ग) मालिनी (घ) सोरठा

25. चौपाई के प्रत्येक चरण में कितनी मात्राएँ होती है ?
(क) 12 (ख) 16
(ग) 14 (घ) 18

26. छन्द शास्त्र के प्रारंभिक प्रणेता कौन माने जाते है ?
(क) डिंगल (ख) पिंगल
(ग) पतंजलि (घ) मनु

27. हरिगीतिका के प्रत्येक चरण में कितनी मात्राएँ होती है ?
(क) 22 (ख) 28
(ग) 24 (घ) 26

28. निम्नलिखित में कौन-सा वर्णिक छन्द है ?
(क) चौपाई (ख) दोहा
(ग) रोला (घ) सवैया

29. निम्नलिखित में कौन-सा वर्णिक छन्द है -
मंगल भवन अमंगल हारी । द्रवहु सो दशरथ अजिर बिहारी ॥
(क) दोहा (ख) सवैया
(ग) सोरठा (घ) चौपाई

30. 'पीपर पात सरिस मन डोला' - इसमें कौन-सा अलंकार है ?
(क) उपमा (ख) श्लेष
(ग) अनुप्रास (घ) उल्लेख

31. रहिमन पानी राखिए बिनु पानी सब सून ।
पानी गए न ऊबरै मोती मानुस चून ॥ -
इसमें कौन अलंकार है?
(क) रूपक (ख) श्लेष
(ग) यमक (घ) भ्रांतिमान

32. 'सूर सूर तुलसी ससि' - इसमें कौन अलंकार है ?
(क) यमक (ख) श्लेष
(ग) अनुप्रास (घ) भ्रांतिमान

33. 'मो सम कौन कुटिल खल कामी।'- इसमें कौन अलंकार है?
(क) वक्रोक्ति (ख) उपमा
(ग) श्लेष (घ) उत्प्रेक्षा

34. 'भूरि-भूरि भेदभाव भूमि से भगा दिया।'-यहाँ कौन अलंकार है?
(क) अनुप्रास (ख) यमक
(ख) श्लेष (घ) उत्प्रेक्षा

35. 'तरनि तनूजा तट तमाल तरूवर बहु छाए।' –
यहाँ कौन अलंकार है ?

(क) यमक (ख) श्लेष
(ग) अनुप्रास (घ) रूपक

36. सोहत ओढ़े पीट पट, स्याम सलोने गात ।
मनहुँ नील मणि सैल पर आतप पट्यो प्रभात ॥
यहाँ कौन अलंकार है ?

(क) यमक (ख) उत्प्रेक्षा
(ग) भ्रांतिमान (घ) रूपक

37. इनमें से 'रस' का सही अर्थ कौन-सा है ?

(क) किसी वस्तु का स्वाद
(ख) किसी व्यंजन की मिठास
(ग) साहित्य से मिलने वाली आनन्दानुभूति
(घ) इनमें से कोई नहीं

38. स्थायी भाव को जगाने वाला कारक क्या कहलाता है ?

(क) संचारी भाव (ख) अनुभाव
(ग) विभाव (घ) व्यभिचारी भाव

39. इनमें से किसे व्यभिचारी भाव भी कहते है ?

(क) अनुभाव (ख) संचारी भाव
(ग) सात्विक अनुभाव (घ) विभाव

40. रस सम्प्रदाय का विधिवत् विवेचन किया –

(क) मम्मट ने (ख) विश्वनाथ ने
(ग) पंडित राज जगन्नाथ ने (घ) भानुदत्त ने

41. भरतमुनि ने किस ग्रंथ में रस की विशद् विवेचना की है ?

(क) साहित्य दर्पण (ख) नाट्य शास्त्र
(ग) रस मींमासा (घ) रस विवेचन

42. 'शब्दाथौ सहितौ काव्यम' – किस आचार्य की परिभाषा है ?

(क) कुन्तक (ख) आनन्दवर्धन
(ग) मम्मट (घ) भामह

43. गेय पद रचना को क्या कहते है ?

(क) गेय पद (ख) पद

(ग) संगीत (घ) गीति

44. बिम्ब किसे कहते है ?

(क) किसी अमूर्त के भाव चित्र को

(ख) अलंकार सौंदर्य को

(ग) रस के मूर्त्तिकरण को

(घ) इनमें से कोई नहीं

45. किस रस को 'रसराज' कहा जाता है ?

(क) शांत रस (ख) भाक्ति रस

(ग) शृंगार रस (घ) वात्सल्य रस

46. रीति सम्प्रदाय की स्थापना का सही समय क्या है ?

(क) 10 वीं शताब्दी (ख) 9 वीं शताब्दी

(ग) 11 वीं शताब्दी (घ) 6 ठी शताब्दी

47. रस निष्पत्ति में इनमें से कौन-सा तत्त्व नहीं है ?

(ख) व्यभिचारी भाव (ख) विभाव

(ग) समभाव (घ) अनुभाव

48. इनमें से काव्य गुण कौन नहीं है ?

(क) प्रसाद (ख) ओज

(ग) माधुर्य (घ) औचित्य

49. काव्य में 'कवि-समय' का अर्थ है -

(क) कवि का जीवन-काल

(ख) कवि-समाज में परम्परा से मानी हुई बातें एवं परिपटियाँ

(ग) कवि की जन्म-मृत्यु की तिथि

(घ) काव्य रचना का समय

50. 'वक्रोक्ति' को काव्य की आत्मा किसने कहा ?

(क) भामह (ख) राजशेखर

(ग) विश्वनाथ (घ) कुन्तक

❖❖❖

उत्तरमाला

1. – क	14. – घ	27. – ख	40 – ख
2. – ग	15. – ग	28. – घ	41. – ख
3. – ख	16. – क	29. – घ	42. – घ
4. – ग	17. – ख	30. – क	42. – घ
5. – ख	18. – घ	31. – ख	43. – घ
6. – घ	19. – ख	32. – ग	44. – क
7. – ग	20. – ग	33. – क	45. – ग
8. – ख	21. – ख	34. – क	46. – ख
9. – घ	22. – घ	35. – ग	47. – ग
10. – ख	23. – घ	36. – ख	48. – घ
11. – क	24. – ख	37. – ग	49. – ख
12. – ख	25. – ख	38. – ग	50. – घ
13. – ग	26. – ख	39. – ख	

6

इतिहास लेखन की परम्परा, काल-विभाजन, आदिकाल, भक्तिकाल, रीतिकाल, आधुनिक काल, भारतेन्दु युग, द्विवेदी युग, छायावाद, प्रगतिवाद, प्रयोगवाद, नयी कविता इत्यादि पर आधारित वस्तुनिष्ठ प्रश्न एवं उनके उत्तर

वस्तुनिष्ठ प्रश्न

नीचे दिये गये प्रत्येक प्रश्न के उत्तर के लिए चार-चार विकल्प दिये गये हैं। इन विकल्पों में से एक विकल्प सही उत्तर है। प्रत्येक प्रश्न के सही उत्तर के लिए सही विकल्प का चयन कीजिए -

1. हिन्दी साहित्य के इतिहास को कालक्रम के अनुसार सर्वप्रथम किसने विभाजित किया ?

   (क) आचार्य रामचन्द्र शुक्ल (ख) जार्ज ग्रियर्सन

   (ग) डॉ0 राम कुमार वर्मा (घ) हजारी प्रसाद द्विवेदी

2. हिन्दी साहित्य के इतिहास को कितने काल-खण्डों में विभाजित किया गया है ?

   (क) तीन (ख) चार

   (ग) पाँच (घ) छः

3. आचार्य शुक्ल ने 'भक्तिकाल' का समय कब से कब तक निर्धारित किया?

   (क) सवंत् 1300-1700 (ख) सवंत् 1375-1750

   (ग) सवंत् 1375-1700 (घ) सवंत् 1305-1700

4. आदिकाल के साहित्य में 'रासो' का सही अर्थ क्या है ?

   (क) रहस्य परक काव्य

   (ख) रास अर्थात् नृत्यपरक काव्य

   (ग) वीर काव्य

   (घ) विविध रसों का मिश्रित काव्य

5. सिद्ध साहित्य से क्या तात्पर्य है ?

   (क) सिद्धि प्राप्त कवियों द्वारा रचित साहित्य

   (ख) सिद्ध धर्म का साहित्य

(ग) मन्त्रों द्वारा सिद्धि प्राप्त करने वाला साहित्य

(घ) वज्रयान परम्परा के सिद्धाचार्यो द्वारा रचित साहित्य

6. नाथ साहित्य किस काल की रचना है ?

(क) आदिकाल (ख) भक्तिकाल

(ग) रीतिकाल (घ) आधुनिककाल

7. हिन्दी साहित्य के आदिकाल को-'अपभ्रंश काल' किसने कहा?

(क) डॉ० धीरेन्द्र वर्मा (ख) चन्द्रधर शर्मा गुलेरी

(ग) केवल (क) (घ) (क) और (ख)

8. आदिकाल में खड़ी बोली को काव्यभाषा बनाने वाले प्रथम कवि कौन थे ?

(क) हाजी मुहम्मद (ख) विद्यापति

(ग) कुशलराय (घ) अमीर खुसरो

9. 'अपभ्रंश का वाल्मीकि' किसे कहा गया है ?

(क) स्वयंभू (ख) जिन विजय सूरि

(ग) पुष्पदन्त (घ) धनपाल

10. रासो काव्य का प्रधान रस वीर है, दूसरा मुख्य रस कौन है ?

(क) शृंगार (ख) वीभत्स

(ग) रौद्र (घ) शान्त

11. 'सरहपा' को हिन्दी का प्रथम कवि किसने माना है ?

(क) राहुल सांकृत्यायन (ख) रामचन्द्र शुक्ल

(ग) हजारी प्रसाद द्विवेदी (घ) जार्ज ग्रियर्सन

12. 'दोहा कोश' ग्रंथ के रचनाकार का नाम बताइये -

(क) कबीर (ख) सरहपा

(ग) स्वयंभू (घ) शालिभद्र सूरि

13. 'अपभ्रंश' का भवभूति किस कवि को कहा गया है ?

(क) शालिभद्र सूरि (ख) स्वयंभू

(ग) पुष्पदन्त (घ) धनपाल

14. 'सन्देश रासक' के रचनाकार का क्या नाम है ?

(क) अब्दुल रहमान (ख) मुल्ला दाऊद

(ग) अमीर खुसरो (घ) कुतुबन

15. सिद्धों की संख्या कितनी मानी गयी है ?
(क) 101 (ख) 80
(ग) 108 (घ) 84

16. नाथ सम्प्रदाय के प्रवर्तक कौन थे ?
(क) चौरंगीनाथ (ख) गोरखनाथ
(ग) मछन्दरनाथ (घ) ब्रह्मानन्द

17. सिद्ध और नाथ कवियों से अधिक प्रसिद्ध इनमें से कौन थे ?
(क) तुलसी (ख) जायसी
(ग) कबीर (घ) सूर

18. इनमें से कौन नाम 'मिश्रबन्धु' मे से नहीं आता ?
(क) श्याम बिहारी (ख) ब्रह्मदेव बिहारी
(ग) शुकदेव बिहारी (घ) गणेश बिहारी

19. आदिकालीन हिन्दी साहित्य में किस प्रवृत्ति का अभाव है ?
(क) प्रकृति चित्रण (ख) शृंगार
(ग) राष्ट्रीय चेतना (घ) भक्ति

20. आचार्य रामचन्द्र शुक्ल ने इनमें हिन्दी का प्रथम महाकवि किसे माना है
(क) तुलसी (ख) विद्यापति
(ग) कबीर (घ) चन्द्रबरदाई

21. गोरखनाथ के गुरु इनमें से कौन थे ?
(क) गोपीचन्द (ख) भरथरी
(ग) चौरंगीनाथ (घ) मत्स्येन्द्र नाथ

22. निम्नलिखित में से कौन-सी रचना आदिकाल की नही है ?
(क) पृथ्वीराज रासो (ख) विद्यापति पदावली
(ख) पद्मावत (घ) आल्हखण्ड

23. आदिकाल के साहित्य की प्रमुख भाषा इनमें से कौन-सी थी?
(क) डिंगल तथा पिंगल (ख) अवधी
(ग) अपभ्रंश (घ) ब्रज

24. गार्सा द तासी कृत हिन्दी साहित्य का इतिहास किस भाषा में लिखा गय
(क) अंग्रेजी (ख) फ्रेंच
(ग) जर्मन (घ) हिन्दी

25. हिन्दी साहित्य का सुव्यवस्थित इतिहास सर्वप्रथम किसने लिखा?
(क) श्याम सुन्दर दास (ख) आचार्य रामचन्द्र शुक्ल
(ग) हजारी प्रसाद द्विवेदी (घ) राम कुमार वर्मा

26. 'विद्यापति पदावली'' किस भाषा में रचित है ?
(क) ब्रज (ख) संस्कृत
(ग) मैथिली (ग) अपभ्रंश

27. 'भक्ति की निष्पत्ति श्रद्धा और प्रेम के योग से होती है ।' यह कथन किसका है ?
(क) पूर्ण सिंह (ख) रामचन्द्र शुक्ल
(ग) नगेन्द्र (घ) हजारी प्रसाद द्विवेदी

28. सुफी प्रेमाख्यानायक काव्य-धारा भक्ति काल की किस शाखा के अन्तर्गत है?
(क) निर्गुण काव्य (ख) सगुण काव्य
(ग) उपर्युक्त दोनों (घ) कोई नही

29. 'पद्मावत' किस भाषा में रचित है ?
(क) अवधी (ख) अपभ्रंश
(ग) ब्रज (घ) पुरानी हिन्दी

30. 'पद्मावत' की कथा में किस मुगल बादशाह का प्रसंग आया है?
(क) कुतुब शाह (ख) औरंगजेब
(ग) मोहम्मद गोरी (घ) अकबर

31. 'सूफी काव्य-धारा को किसने 'प्रेमाश्रयी शाखा कहा ?
(क) रामचन्द्र शुक्ल (ख) गुलाब राय
(ग) डॉ0 नगेन्द्र (घ) डॉ० राम विलास शर्मा

32. हिन्दी भक्ति-साहित्य की मुख्य काव्य धाराएँ कितनी है ?
(क) दो (ख) तीन
(ग) चार (घ) पाँच

33. ज्ञानाश्रयी काव्य-धारा में इनमें से किस वर्ग के कवि आते है?
(क) रामभक्त कवि (ख) सूफी कवि
(ग) कृष्ण भक्त कवि (घ) संत कवि

34. भक्ति आन्दोलन का आरम्भ भारत के किस भाग में हुआ ?
(क) पश्चिमी भारत (ख) पूर्वी भारत
(ग) दक्षिणी भारत (घ) उत्तरी भारत

35. जायसी ने 'बारहमासा' में किसके विरह का वर्णन किया है ?
(क) पद्मावती (ख) नागमती
(ग) रत्नसेन (घ) इनमें से कोई नहीं

36. कबीर के गुरु का क्या नाम था ?
(क) वल्लभाचार्य (ख) भीखा साहब
(ग) रामानन्द (घ) रामानुजाचार्य

37. ईसवी सन में कितने वर्ष जोड़ने पर संवत् बनता है ?
(क) 50 वर्ष (ख) 55 वर्ष
(ग) 57 वर्ष (घ) 60 वर्ष

38. 'हरडेबानी' किसकी रचनाओं का संग्रह है ?
(क) रैदास (ख) सुन्दर दास
(ग) रज्जब (घ) दादू

39. 'चित्रावली' के रचनाकार का नाम बताइये –
(क) मुल्ला दाउद (ख) मंझन
(ग) नूर मुहम्मद (घ) उसमान

40. निर्गुन भक्ति-काव्य में किस तत्त्व की प्रधानता है ?
(क) कर्म (ख) भक्ति
(ग) प्रेम (घ) ज्ञान

41. जायसी ने अपनी किस रचना में सूफी सिद्धान्तों का वर्णन किया है?
(क) अखरावट (ख) पद्मावत
(ग) आखिरी कलाम (घ) मसलानामा

42. इनमें से कौन-सी रचना जायसी की नहीं है ?
(क) अख्रावट (ग) मृगावती
(ग) आखिरी कलाम (घ) पद्मावाली

43. गुरु नानक देव की रचनाएँ किस ग्रंथ में संकलित है ?
(क) ग्रंथ साहिब (ख) गुरु साहिब
(ग) नानक ग्रंथावली (घ) नानक रचनावली

44. कबीर की साखी किस छन्द में है ?
(क) चौपाई (ख) दोहा
(ग) सबद (घ) सोरठ

45. गुरु नानक देव किस पंथ के प्रवर्तक थे ?
(क) वाहे गुरु पंथ (ख) नानक पंथ
(ग) पंचप्यारे पंथ (घ) सिख पंथ

46. 'विश्नोई सम्प्रदाय' की स्थापना किस संत कवि ने की थी ?
(क) रैदास (ख) दादू
(ग) जम्भ दास (घ) हरिदास

47. नानक देव की रचनाओं का संकलन इनमें से किसने किया ?
(क) गुरु अंगद (ख) गुरु गोविन्द सिंह
(ग) गुरु अर्जुन देव (घ) किसी ने नहीं

48. मीराबाई के गुरु का क्या नाम था ?
(क) नानक देव (ख) सहजोबाई
(ग) रैदास (ग) दादू

49. रैदास की पत्नी का क्या नाम था ?
(क) लाई (ख) लोना
(ग) रत्ना (घ) कमली

50. तुलसीदास का जन्म बाँदा जिले के किस ग्राम में हुआ था ?
(क) रामपुर (ख) शाहाबाद
(ग) राजापुर (घ) इनमें से कोई नहीं

51. तुलसीदास ने रामचरित मानस की रचना कब आरंभ की थी ?
(क) संवत् 1630 (ख) संवत् 1631
(ग) संवत् 1635 (घ) संवत् 1636

52. 'भक्तमाल' किस भक्त कवि की रचना है ?
(क) केशवदास (ख) नाभादास
(ग) अग्रदास (घ) ईश्वरदास

53. तुलसीदास की भक्ति किस भाव की है ?
(क) माधुर्य भाव (ख) सखा भाव
(ग) दास्य भाव (घ) प्रेमाभक्ति

54. कृष्ण भक्ति काव्य में कथा का स्रोत क्या है ?
(क) भागवत् पुराण (ख) गीता
(ग) श्री मंद्भागवत (घ) उपनिषद्

55. सूररचित 'भ्रमरगीत' में गोपियाँ किससे तर्क-वितर्क करती हैं ?

(क) उद्धव (ख) कृष्ण

(ग) अक्रूर (घ) बलराम

56. कृष्ण भक्ति काव्य में प्रमुखतः किस काव्य शैली का प्रयोग हुआ है?

(क) संगीत शैली (ख) प्रबन्धात्मक शैली

(ख) गीतिकाव्य शैली (घ) पदात्मक शैली

57. रसखान का मूल नाम इनमें से कौन था ?

(क) अब्दुल रहीम (ख) सैयद इब्राहिम

(ग) सैयद अब्दुल रसखान (घ) मोहम्मद वली

58. राधावल्लभ संप्रदाय के संस्थापक कौन थे ?

(क) हित हरिवंश (ख) स्वामी हरिदास

(ग) चैतन्य महाप्रभु (घ) वल्लभाचार्य

59. मीराबाई के पति का नाम क्या था ?

(क) राणा सांगा (ख) भोजराज

(ग) जयमल (घ) वीरमदेव

60. पुष्टिमार्ग का मूल आधार क्या है ?

(क) भगवान का अनुग्रह (ख) ईश्वर का वरदान

(ग) नवधा भक्ति (घ) ज्ञान प्राप्ति

61. सूरदास की किस रचना में 'दृष्ट-कूट' पदों की रचना हुई है?

(क) साहित्य लहरी (ख) सूर सारावली

(ग) सूर पचीसी (ग) इनमें से कोई नहीं

62. गोस्वामी विट्ठलनाथ ने 'पुष्टिमाार्ग' का जहाज किसे कहा है?

(क) सूरदास (ख) वल्लभाचार्य

(ग) नन्ददास (घ) इनमें से कोई नहीं

63. 'सूरदास वात्सल्य रस के एक छत्र सम्राट् हैं।'- यह कथन किसका है?

(क) रामचन्द्र शुक्ल (ख) हजारी प्रसाद द्विवेदी

(ग) हरिवंश लाल शर्मा (घ) द्वारका प्रसाद सक्सेना

64. रीतिकाल को 'शृंगार काल' किसने कहा है ?

(क) विश्वनाथ प्रसाद मिश्र (ख) रामचन्द्र शुक्ल

(ग) हजारी प्रसाद द्विवेदी (घ) भगीरथ मिश्र

65. इनमें से कौन रीतिसिद्ध कवि नहीं है ?
(क) चिन्तामणि (ख) धनानन्द
(ख) केशवदास (घ) बिहारी लाल

66. केशवदास का जन्म निम्नलिखित स्थानों में कहाँ हुआ था ?
(क) ग्वालियर (ख) चित्रकूट
(ग) ओरछा (घ) बाँदा

67. केशवदास के किस ग्रंथ में ज्ञान-वैराग्य का वर्णन हुआ है ?
(क) रामचन्द्रिका (ख) विज्ञानगीता
(ख) जहाँगीरजस चन्द्रिका (घ) बारहमासा

68. केशवदास की किस रचना को 'छन्दों का अजायबघर' कहा गया है ?
(क) रामचन्द्रिका (ख) रतनबावनी
(ग) जहाँगीरजस चन्द्रिका (घ) इनमें से कोई नहीं

69. रस-निधि कवि का वास्तविक नाम क्या था ?
(क) पृथ्वी सिंह (ख) कमरे आलम
(ग) बेनीमाधव (घ) लक्ष्मण चन्द

70. केशव की 'रामचन्द्रिका' की वह कौन-सी विशिष्ट उपलब्धि है जो किसी अन्य रामकथा काव्य में दुर्लभ है ?
(क) प्रकृति वर्णन (ख) मार्मिक प्रसंगों की योजना
(ग) संवाद योजना (घ) भाषा की लोकप्रियता

71. रीतिकाल के संदर्भ में कौन-सा कथन असत्य है ?
(क) नायिका के नख-शिख वर्ण की प्रवृत्ति
(ख) प्रकृति का उद्दीपन रूप में वर्णन की प्रधानता
(ग) प्रबन्ध और मुक्तक काव्य की रचना
(घ) ब्रज भाषा का प्रयोग

72. भारतेन्दुयुग में कौन-सी काव्य-भाषा प्रमुख थी ?
(क) परिनिष्ठित हिन्दी (ख) ब्रज
(ग) अवधी (घ) खड़ी बोली

73. आधुनिक काल में किस कवि को 'सुकवि' की उपाधि प्राप्त हुई ?
(क) भारतेन्दु हरिचन्द्र (ख) अम्बिका दत्त व्यास
(ग) श्रीधर पाठक (घ) मैथिली शरण गुप्त

74. 'समस्यापूर्ति' किस युग की लोकप्रिय शैली थी ?
(क) रीतिकाल (ख) भारतेन्दु युग
(ग) द्विवेदी युग (घ) छायावाद युग

75. 'जपोनिरन्तर एक जबान, हिन्दी, हिन्दू, हिन्दुस्तान' यह उक्ति किस रचनाकार की है ?
(क) प्रताप नारायण मिश्र (ख) भारतेन्दु हरिचन्द्र
(ग) श्रीधर पाठक (घ) मैथिली शरण गुप्त

76. भारतेन्दु-युग की समय सीमा इनमें से कौन सही है ?
(क) सन् 1857 - 1900 ई0
(ख) सन् 1900 - 1920 ई0
(ग) सन् 1850 - 1920 ई0
(घ) सन् 1920 - 1936 ई0

77. भारतेन्दु ने अपनी किस रचना में विदेशी वस्तुओं के बहिष्कार की प्रेरणा दी है ?
(क) भारत-दुर्दशा (ख) प्रबोधिनी
(ग) भारत - बारहमासा (घ) भारत - विलाप

78. भारतेन्दु हरिचन्द्र किस सम्प्रदाय से सम्बद्ध थे ?
(क) वल्लभ सम्प्रदाय (ख) सखी सम्प्रदाय
(ग) शौव सम्प्रदाय (घ) इनमें से कोई नहीं

79. निम्नलिखित में से कौन द्विवेदी-युग का कवि नहीं है ?
(क) मैथिली शरण गुप्त
(ख) जगन्नाथ दास रत्नाकर
(ग) अयोध्या सिंह उपाध्याय हरिऔध
(घ) राधाकृष्ण दास

80. हिन्दी कविता में स्वच्छन्दतावाद के प्रथम कवि इनमें से कौन है?
(क) श्रीधर पाठक (ख) राधाकृष्ण दास
(ग) मैथिली शरण गुप्त (घ) अयोध्या सिंह उपाध्याय हरिऔध

81. 'कश्मीर सुषमा' किस कवि की सबसे प्रसिद्ध रचना है ?
(क) पंत (ख) भारतेन्दु हरिशचन्द्र
(ग) श्रीधर पाठक (घ) हरिऔध

82. द्विवेदी युग का सर्वमान्य समय कब है ?

(क) सन् 1857 - 1950 ई0

(ख) सन् 1900 - 1918 ई0

(ग) सन् 1900 - 1925 ई0

(घ) सन् 1900 - 1947 ई0

83. द्विवेदी युग का नामकरण किस साहित्यकार के नाम पर हुआ है?

(क) महावीर प्रसाद द्विवेदी (ख) शांतिप्रिय द्विवेदी

(ग) हजारी प्रसाद द्विवेदी (घ) इनमे से कोई नहीं

84. इनमें से कौन द्विवेदी युग का कवि नहीं है ?

(क) माखन लाल चर्तुर्वेदी (ख) मैथिली शरण गुप्त

(ग) हरिऔध (घ) रामनरेश त्रिपाठी

85. द्विवेदी युग के किस कवि की रचनाओं में छायावाद का पूर्वाभास दिखाई पड़ता है?

(क) मुकुटधर पाण्डेय (ख) जगन्नाथ दास रत्नाकर

(ग) रूपनारायण पाण्डेय (घ) श्यामनारायण पाण्डेय

86. निम्नलिखित में कौन-सी रचना मैथिली शरण गुप्त की नहीं है ?

(क) यशोधरा (ख) द्वापर

(ग) वैदेही वनवास (घ) पंचवटी

87. 'गंगावतरण' काव्य के रचनाकार का क्या नाम है ?

(क) भारतेन्दु हरिचन्द्र (ख) जगन्नाथदास रत्नाकर

(ग) श्रीधर पाठक (घ) सत्यनारायण कविरत्न

88. 'सरस्वती' के सम्पादक के पद पर महावीर प्रसाद द्विवेदी का कार्यकाल कब से कब तक था ?

(क) सन् 1900-1915 (ख) सन् 1903-1915

(ग) सन् 1900-1910 (घ) सन् 1903-1920

89. 'साकेत' महाकाव्य में कुल कितने सर्ग है ?

(क) दस (ख) ग्यारह

(ग) बारह (घ) पन्द्रह

90. 'प्रिय-प्रवास' महाकाव्य में कुल कितने सर्ग हैं ?

(क) चौदह (ख) पन्द्रह

(ग) सोलह (घ) सत्रह

91. द्विवेदी युग के किस कवि को राज्य सभा का सदस्य मनोनीत किया गया ?
(क) मैथिली शरण गुप्त
(ख) महावीर प्रसाद द्विवेदी
(ग) अयोध्या सिंह उपाध्याय हरिऔध
(घ) सियाराम शरण गुप्त

92. मैथिली शरण गुप्त की किस रचना ने देश में राष्ट्र प्रेम की धूम मचा दी ?
(क) भारत-भारती (ख) जयद्रथ वध
(ग) किसान (घ) साकेत

93. मैथिली शरण गुप्त को राष्ट्रकवि की उपाधि किसने दी ?
(क) हिन्दी साहित्य सम्मेलन (ख) महात्मा गाँधी
(ग) गोपाल कृष्ण गोखले (घ) देश की जनता

94. द्विवेदी युग के किस कवि का नाम 'पूर्ण' था ?
(क) रामप्रसाद त्रिपाठी (ख) रूपनारायण पाण्डेय
(ग) गया प्रसाद शुक्ल (घ) राय देवी प्रसाद

95. जयशंकर प्रसाद की किस रचना में सर्वप्रथम छायावादी प्रवृत्तियों के दर्शन होते है ?
(क) कामायनी (ख) आँसू
(ग) झरना (घ) लहर

96. छायावाद का सर्वसम्मत समय इनमें से कौन है ?
(क) 1918 - 1938 (ख) 1920 - 1940
(ग) 1915 - 1930 (घ) 1900 - 1938

97. 'नवीन' किस कवि का उपनाम है ?
(क) बालकृष्ण शर्मा (ख) जयशंकर प्रसाद
(ग) माखनलाल चतुर्वेदी (घ) रामनरेश त्रिपाठी

98. छायावाद के कवियों की श्रेणी से बाहर कौन कवि है ?
(क) जयशंकर प्रसाद (ख) माखनलाल चतुर्वेदी
(ग) निराला (घ) पंत

99. 'एक भारतीय आत्मा' किस कवि के लिए कहा गया है ?

(क) माखनलाल चतुर्वेदी (ख) रामधारी सिंह दिनकर

(ग) बालकृष्ण शर्मा नवीन (घ) सूर्यकांत त्रिपाठी निराला

100. निराला किस पत्र के संपादक थे ?

(क) प्रभात (ख) निराला

(ग) मतवाला (घ) भारत

101. सुमित्रा नंदन पंत की किस रचना पर उन्हे ज्ञानपीठ पुरस्कार प्राप्त हुआ?

(क) लोकायत (ख) चिदम्बरा

(ग) युगान्त (घ) रजतशिखर

102. महादेवी वर्मा को उनकी किस रचना पर ज्ञानपीठ पुरस्कार मिला ?

(क) सांध्यगीत (ख) यामा

(ग) नीरजा (घ) नीहार

103. छायावाद युग में हास्य-व्यंग्यकार के रूप में कौन प्रसिद्ध है ?

(क) पाण्डेय बचेन शर्मा उग्र (ख) निराला

(ग) कान्तानाथ पाण्डेय (घ) बनारसी

104. 15 अक्टूबर 1961 ई0 मे किसका निधन हुआ ?

(क) जयशंकर प्रसाद (ख) भारतेन्दु हरिचन्द्र

(ग) निराला (घ) श्रीधर पाठक

105. इनमें से प्रयोगवाद के प्रवर्तक कौन माने जाते है ?

(क) नागार्जुन (ख) अज्ञेय

(ग) रामविलास शर्मा (घ) मुक्तिबोध

106. अज्ञेय किस 'तारसप्तक' के कवि हैं ?

(क) पहले (ख) दूसरे

(ग) तीसरे (घ) चौथे

107. तार सप्तक क्या है ?

(क) मासिक पत्रिका (ख) आलोचना कृति

(ग) काव्य कृति (घ) कवियों का कविता संग्रह

108. प्रयोगवादी काव्य में समाज के किस वर्ग को काव्य-रचना का विषय बनाया गया ?

(क) निम्न वर्ग (ख) शोषित वर्ग

(ग) मध्यम वर्ग (घ) पूँजीपति वर्ग

109. प्रयोगवादी कवियों को 'नई राहों के अन्वेषी कवि' किसने कहा?

(क) अज्ञेय (ख) रामविलास शर्मा

(ग) डॉ0 नोगेन्द्र (घ) नामवर सिंह

110. सुमन किस कवि का उपनाम है ?

(क) रामेश्वर शुक्ल (ख) नरेन्द्र शर्मा

(ग) शिमंगल सिंह (घ) त्रिलोचन

111. प्रगतिवाद का दार्शनिक आधार क्या है ?

(क) सामन्तवाद (ख) अस्तिवाद

(ग) साम्यवाद (घ) साम्राज्यवाद

112. प्रगतिशील लेखक संघ का प्रथम अधिवेशन कहाँ हुआ था ?

(क) आगरा (ख) लखनऊ

(ग) पटना (घ) कोलकाता

113. प्रगतिशील लेखक संघ के प्रथम अध्यक्ष कौन थे ?

(क) रामविलास शर्मा (ख) संगेय राधव

(ग) प्रेमचन्द्र (घ) यशपाल

114. नरेश मेहता को उनकी किस रचना पर ज्ञानपीठ पुरस्कार प्राप्त हुआ था?

(क) संशय की एक रात (ख) महाप्रस्थान

(ग) वनपाखी सुनो (घ) सम्पूर्ण रचना-कर्म

115. ''धूमिल' किस कवि का उपनाम है ?

(क) शिवकान्त शुक्ल (ख) वैद्यनाथ मिश्र

(ग) विनोद कुमार शुक्ल (घ) सुदामा पाण्डे

116. 'साँप, तुम सम्य तो नही' - किसकी कविता है ?

(क) सर्वेश्वर दयाल सक्सेना की (ख) अज्ञेय की

(ग) रघुवीर सहाय की (घ) मुक्तिबोध की

117. रघुवीर सहाय किस तार सप्तक के कवि है ?

(क) पहले (ख) दूसरे

(ग) तीसरे (घ) चौथे

118. 'सीढ़ियों पर धूप' कविता-संग्रह किस कवि का है ?

(क) अज्ञेय (ख) रधुवीर सहाय

(ग) धूमिल (घ) मुक्तिबोध

119. धर्मवीर भारती को 'सपना अभी भी' कविता संग्रह पर कौन-सा पुरस्कार मिला?

(क) सरस्वती सम्मान (ख) व्यास सम्मान

(ग) साहित्य अकादमी पुरस्कार (घ) ज्ञानपीठ पुरस्कार

120. अपनी लम्बी कविताओं में फैण्टेसी के प्रयोग के लिए कौन कवि सर्वाधिक चर्चित हैं ?

(क) मुक्तिबोध (ख) अज्ञेय

(ग) धर्मवीर भारती (घ) नरेश मेहता

121. 'नयी कविता' शब्द का सर्वप्रथम प्रयोग किसने किया था ?

(क) अज्ञेय (ख) डॉ० जगदीश गुप्त

(ग) राम स्वरूप चतुर्वेदी (घ) धर्मवीर भारती

122. साठोत्तरी कविता के लिए निम्नलिखित में कौन-सा नाम प्रचालित है ?

(क) नयी कविता (ख) अकविता

(ग) विद्रोही कविता (घ) गीतकविता

123. 'यात्री' नाम से किस प्रगतिवादी कवि ने मैथिली में काव्य रचना की?

(क) त्रिलोचन (ख) नागार्जुन

(ख) शिवमंगल सिंह 'सुमन' (घ) केदारनाथ अग्रवाल

124. किस कवि ने स्वयं को 'मैं ही वसंत का अग्रदूत' कहा है ?

(क) सुमित्रानन्दन पंत (ख) निराला

(ग) जयशंकर प्रसाद (घ) हरिवंश राय बच्चन

125. 'दु:ख की पिछली रजनी बीच, विकसता सुख का नवल प्रभात।'- ये पक्तियाँ छायावाद की किस काव्य-रचना से है ?

(क) कामायनी (ख) आँसू

(ग) सान्ध्य (घ) राम की शक्ति पूजा

126. 'द्विवेदी युग' को 'जागरणसुधारकाल' किसने कहा ?

(क) रामकुमार वर्मा (ख) डॉ० नगेन्द्र

(ग) रामचन्द्र शुक्ल (घ) हजारी प्रसाद द्विवेदी

127. अयोध्या सिंह उपाध्याय हरिऔध द्वारा ब्रजभाषा में लिखित कौन-सी काव्य रचना है ?

(क) पद्य-प्रसून (ख) रस-कलश

(ग) वैदेही वनवास (घ) इनमें से कोई नहीं

128. खड़ी बोली का प्रथम महाकाव्य किस रचना को माना जाता है?

(क) उर्वशी (ख) प्रियप्रवास

(ग) कामायनी (घ) साकेंत

129. रीतिकाल की कौन-सी रचना सबसे अधिक लोकप्रिय हुई ?

(क) रामचन्द्रिका (ख) शृंगार शतक

(ग) बिहारी सतसई (ख) रस मीमांसा

130. केशवदास का किस मुगल सम्राट् से विरोध हुआ था ?

(क) अकबर (ख) औरंगजेब

(ग) जहाँगीर (घ) शाहजहाँ

131. निम्नलिखित में कौन-सा कवि रीति-मुक्त है ?

(क) बिहारी (ख) धनानंद

(ग) केशव दास (घ) चिंतामणि

132. 'भूषण' का वास्तविक नाम क्या था ?

(क) रामबिहारी (ख) रास बिहारी

(ग) धनश्याम (घ) कृष्णदास

133. 'भूषण' के काव्य में किस काव्य-गुण की प्रधानता है ?

(क) माधुर्य (ख) ओज

(ग) प्रसाद (घ) (क) और (ख)

134. रीतिकाल के किस कवि को 'कठिन काव्य का प्रेत' कहा गया है ?

(क) भूषण (ख) केशवदास

(ग) पद्माकर (घ) धनानन्द

135. रीतिकाल में आर्चाय कवि किसे कहा गया है ?

(क) जिन्होने लक्षण ग्रंथो की रचना की

(ख) जो काव्य रीति से मुक्त है

(ग) जिन्हें आचार्य की उपाधि प्राप्त है

(घ) जिन्होनें रीतिबद्ध होकर काव्य-रचना की

136. रीतिकाल में कौन-सी परिस्थिति नहीं थी ?

(क) राजदरबारों में विलासिता का वातावरण

(ख) बाल-विवाह और पर्दा-प्रथा जैसी प्रथाओं का जन्म

(ग) भक्ति-भावना का व्यापक प्रचार-प्रसार

(घ) विभिन्न कलाओं की उन्नति

137. रीतिकाव्य को किन दो प्रमुख नामों से विभाजित किया गया ?
(क) रीतिसिद्ध-रीतिबद्ध (ख) रीतिसिद्ध-रीतिमुक्त
(ग) रीतिबद्ध-रीतिमुंक्त (घ) उपर्युक्त में कोई नहीं

138. मिश्र बन्धुओं ने रीतिकाल को क्या नाम दिया ?
(क) शृंगार काल (ख) कला काल
(ग) शृंगार-कला काल (घ) अलंकृत काल

139. भक्ति मार्गी भक्ति में 'पुष्टि' का अर्थ है ?
(क) भक्ति में पारंगत होना
(ख) समर्पण की पूष्टि होना
(ग) भगवान से पुष्ट सम्बन्ध
(घ) भगवत् कृपा

140. पुष्टि मार्ग का दार्शनिक आधार क्या है ?
(क) अद्वैतवाद (ख) शुद्धाद्वैत
(ग) सर्वात्मवाद (घ) विशिष्टाद्वैत

141. निम्नलिखित में कृष्ण का सम्बन्ध किससे है ?
(क) सूर्यवंश (ख) चन्द्रवंश
(ग) यदुवंश (घ) रघुवंश

142. स्वामीरामानन्द किस सम्प्रदाय के प्रवर्तक थे ?
(क) सखी सम्प्रदाय (ख) वैष्णव सम्प्रदाय
(ग) रामावत सम्प्रदाय (घ) इनमें से कोई नहीं

143. कृष्ण भक्ति काव्य में कृष्ण को किसका अवतार माना गया है?
(क) ब्रह्मा (ख) राम
(ग) विष्णु (घ) आंगिरस

144. सूर की वाग्वैदग्धता अथवा उक्ति-वैचित्र्य का सर्वश्रेष्ठ उदाहरण किस प्रसंग में मिलता है ?
(क) बाल लीला वर्णन (ख) उद्धव-गोपी संवाद
(ग) विरह-वर्णन (घ) किसी में नहीं

145. कृष्ण की लीला के वर्णन में किस भक्ति-भाव की प्रधानता है?
(क) सेवक-सेव्य भाव (ख) माधुर्यभाव
(ग) दैन्यभाव (घ) दास्य भाव

146. 'भक्तमाल' किस एक भक्त कवि की रचना है ?

(क) केशवदास (ख) ईश्वरदास

(ग) नाभादास (घ) अग्रदास

147. हिन्दी राम भक्ति-काव्य-धारा के आदि प्रवर्तक कौन हैं ?

(क) रामानन्द (ख) तुलसीदास

(ग) रामानुजाचार्य (घ) स्वामीराम दास

148. गुरु नानक देव का जन्म स्थान किस नाम से प्रसिद्ध है ?

(क) नानक तीर्थ (ख) ननकाना साहब

(ग) गुरु तीर्थ (घ) ननकाना सरोवर

149. किस संत कवि ने परिष्कृत बज्रभाषा में रचनाएँ लिखी ?

(क) रैदास (ख) सुन्दरदास

(ग) दादू (घ) मलूकदास

150. कबीर किस मुगल शासक के समकालीन थे ?

(क) अलाउद्दीन (ख) अकबर

(ग) सिकन्दर लोदी (घ) मुहम्मद तुगलक

151. संत काव्य का आरंभ कब से माना जाता है ?

(क) 13 वीं शताब्दी से (ख) 14 वीं शताब्दी से

(ग) 15 वीं शताब्दी से (घ) 16 वीं शताब्दी से

152. प्रेमाख्यान (सूफी) काव्य-धारा के प्रतिनिधि कवि इनमें से कौन हैं ?

(क) कुतुबन (ख) जायसी

(ग) मुल्ला दाऊद (घ) इनमें से कोई नहीं

153. 'पृथ्वी राज रासो' की नायिका कौन है ?

(क) नागमती (ख) पद्मावती

(ग) राजमती (घ) संयोगिता

154. 'पुरानी हिन्दी' नाम किसने दिया ?

(क) रामचन्द्र शुक्ल (ख) धीरेन्द्र वर्मा

(ग) भोलानाथ तिवारी (घ) चन्द्रधर शर्मा गुलेरी

155. 'सरहपा' को हिन्दी का प्रथम कवि किसने माना है ?

(क) रामचन्द्र शुक्ल (ख) राहुल सांकृत्यायन

(ग) हजारी प्रसाद द्विवेदी (घ) जॉर्ज ग्रियर्सन

156. अमीर खुसरो का वास्तविक नाम क्या था ?

(क) कुतुबन (ख) अब्दुल हसन

(ग) मोहम्मद उसमान (घ) अब्दुल कलाम

157. प्रचीनता की दृष्टि से सूफी प्रेमाख्यानक काव्य धारा का आरंभ किससे माना गया है ।

(क) मुल्ला दाऊद (ख) ईश्वर दास

(ग) कुतुबन (घ) मलिक मोहम्मद जायसी

158. कबीर की रचनाएँ किस नाम से संकलित हैं ?

(क) ग्रंथावली (ख) बीजक

(ग) रचनावली (घ) पद-संग्रह

159. संतों ने माया से मुक्त होने के लिए कौन-सा उपाय बताया है?

(क) संसार से वैरागी होना

(ख) संसार को मिथ्या मानना

(ग) नारी आकर्षण से मुक्त रहना

(घ) सद्‌गुरु का सत्संग कर ज्ञान प्राप्त करना

160. कबीर की दृष्टि में मोक्ष का क्या अर्थ है ?

(क) ईश्वर का साक्षात् दर्शन

(ख) आत्मा-परमात्मा के द्वैत भाव की समाप्ति

(ग) मृत्यु के पश्चात स्वर्ग-प्राप्ति

(घ) अमर होना

161. जायसी इनमें से किस सूफी फकीर के शिष्य थे ?

(क) शेख बुरहान (ख) शेख अली

(ग) शेख मेंहदी (घ) निजामुद्दीन चिश्ती

162. 'गोद लिये हुलसी फिरै, तुलसी से सुत होय' - यह किस कवि की उक्ति है ?

(क) रहीम (ख) तुलसीदास

(ख) रसखान (घ) सुन्दर दास

163. संत कवियों ने नारी को किसका प्रतीक माना है ?

(क) आत्मा का (ख) परमात्मा का

(ग) माया का (घ) किसी का नहीं

164. 'पद्मावती' किस राज्य की राजकुमारी थी ?

(क) चितौड़ (ख) सिंहल द्वीप

(ग) रणथम्भौर (घ) मराठवाड़ा

165. उत्तर भारत में भक्ति आन्दोलन का प्रचार किसकी प्रेरणा से हुआ?

(क) शंकराचार्य (ख) वैष्णवाचार्य

(ग) शैवमतावलम्बी (घ) निर्गुणमार्गी

166. ज्ञानमार्गी और प्रेममार्गी काव्य धारायें निम्नलिखित में किसके अन्तर्गत आती हैं ?

(क) सगुण (ख) निर्गुण

(ग) उपर्युक्त दोनों (ख) इनमें से कोई नहीं

167. सूफी प्रमाख्यान काव्य के संदर्भ में कौन-सा कथन असत्य है?

(क) इसमें प्रेम की प्रधानता है

(ख) नारी सौन्दर्य का नंख-शिख-वर्णन

(ग) ब्रजभाषा का प्रयोग

(घ) लोक संस्कृति का प्रभावी चित्रण

168. रामचन्द्र शुक्ल ने भक्तिकाल का निर्धारण कब से कब तक किया है ?

(क) सन् 1813-1843 (ख) सन् 1350-1700

(ग) सन् 1375-1750 (घ) सन् 1350-1750

169. तुलसी ने अपने अभावग्रस्त बचपन का उल्लेख अपनी किस रचना में किया है ?

(क) रामचरित मानस (ख) दोहावली

(ग) कवितावली (घ) रामाज्ञा प्रश्न

170. रामचरित मानस में कुल कितने काण्ड हैं ?

(क) छः (ख) सात

(ग) पाँच (घ) नौ

171. कृष्णभक्ति काव्य में वर्णित 'भ्रमरगीत' का मुख्य प्रतिपाद्य क्या है ?

(क) गोपियों की विरह-व्यंजना

(ख) कृष्ण के प्रति गोपियों की प्रेम-व्यंजना

(ग) सगुण उपासना की प्रतिष्ठा

(घ) उक्ति-वैचित्य का प्रदर्शन

172. कृष्ण के अध्यात्म स्वरूप का विराट् वर्णन सर्वप्रथम किस ग्रंथ में मिलाता है ?

(क) ऋग्वेद में (ख) भागवत पुराण में

(ग) महाभारत में (घ) गीता में

173. 'कविता करके तुलसी न लसै, कविता लसी पा तुलसी की कला।' – यह उक्ति किस कवि की है ?

(क) भारतेन्दु हरिचन्द्र (ख) मैथिलीशरण गुप्त

(ग) अयोध्या सिंह उपाध्याय हरिऔध

(घ) रामशरण शुक्ल

174. 'अब लौ नसानी अब न नसैहौं' – तुलसीदास की यह उक्ति उनकी किस रचना से उद्धृत है ?

(क) रामचरित मानस (ख) विनय पत्रिका

(ग) कवितावली (घ) दोहावली

175. किस कृष्ण भक्त कवि को 'जड़िया' की उपाधि मिली ?

(क) नन्द दास (ख) सूरदास

(ग) गोविन्द स्वामी (घ) परमानन्द दास

176. निम्ननलिखित में से कौन अकबर का दरवारी कवि था ?

(क) रसखान (ख) ध्रुवदास

(ग) रहीम (घ) कृष्णदास

177. 'रीतिसिद्ध' काव्य का क्या तात्पर्य है ?

(क) काव्य कला की सिद्धि प्राप्त करने वाला

(ख) सिद्ध कवियों द्वारा रचित काव्य

(ग) काव्य के विभिन्न अंगों का परिचय देने वाला काव्य

(घ) काव्य रीति की सिद्धि कराने वाला

178. जिस प्रेमिका को लक्ष्य कर धनानंद ने अनिर्वचनीय प्रेम की व्यंजना की, उसका क्या नाम था ?

(क) सुजान (ख) मालती

(ग) रत्नावली (घ) सिमरन

179. कवि भूषण को 'भूषण' उपाधि किसने दी ?

(क) महाराज जयसिंह (ख) महराज छत्रसाल

(ग) छत्रपति शिवाजी (घ) महराज रूद्रदेव

180. बिहारीलाल किस राजा के दरबारी कवि थे ?

(क) ओरछा नरेश वीरसिंह देव

(ख) बूँदी नरेश भाव सिंह

(ग) जोधपुर नरेश प्रताप सिंह

(घ) जयपुर नरेश जयसिंह

181. 'गोल्ड स्मिथ' की काव्य रचना को 'एकान्तवासी योगी ' शीर्षक से किस रचनाकार ने काव्यानुवाद किया ?

(क) श्रीधर पाठक (ख) भारतेन्दु हरिश्चन्द्र

(ग) रामचन्द्र शुक्ल (घ) राधाकृष्ण दास

182. किस कवि को आधुनिक हिन्दी काव्य का 'वैतालिक' कहा गया है?

(क) भारतेन्दु हरिश्चन्द्र (ख) निराला

(ग) मैथिली शरण गुप्त (घ) जयशंकर प्रसाद

183. 'सरस्वती' पत्रिका का प्रकाशन कहाँ से होता है ?

(क) लखनऊ से (ख) कलकत्ता से

(ग) इलाहाबाद से (घ) काशी से

184. निम्नलिखित में कौन-सी रचना मैथिलीशरण गुप्त की नहीं है?

(क) साकेत (ख) वैदेही वनवास

(ग) यशोधरा (घ) भारत-भारती

185. निम्नलिखित में कौन-सी रचना अयोध्या सिंह उपाध्याय की नही है?

(क) काबा और कर्बला (ख) प्रिय प्रवास

(ग) वैदेही वनवास (घ) रस-कलश

186. निम्नलिखित में से कौन द्विवेदी युग की रचना नहीं है ?

(क) आँसू (ख) उद्धव शतक

(ख) भारत-भारती (घ) वैदेही वनवास

187. जयशंकर प्रसाद की किस रचना को 'स्मृति-काव्य' कहा गया है?

(क) झरना (ख) प्रेम पथिक

(ग) कामायनी (घ) आँसू

188. जयशंकर प्रसाद की किस रचना को प्रथम गीतिनाट्य कहा गया है?

(क) करुणालय (ख) आँसू

(ग) ज्योत्स्ना (घ) रजत

189. 'मिट्टी की बारात' के रचनाकार का नाम बताइये -

(क) नागार्जुन (ख) त्रिलोचन

(ग) मुक्तिबोध (घ) रांगेय राधव

190. 'सिंहासन खाली करो कि जनाता आती है' - यह उक्ति किस कवि की है ?

(क) रामधारी सिंह दिनकर (ख) मुक्तिबोध

(ग) धूमिल (घ) रधुवीर सहाय

191. प्रयोगावादी कविता प्रगतिवादी कविता से किस अर्थ में भिन्न है?

(क) प्राचीन रूढ़ियों से विद्रोह

(ख) वैयक्तिकता की गहरी भावना

(ग) बौद्धिकता

(घ) धर्म-ईश्वर के प्रति अनास्था

192. 'नई कविता में मुक्ति बोध की स्थिति वही है जो छायावाद में निराला की थी' - यह कथन किस समीक्षक का है ?

(क) डॉ0 नगेन्द्र (ख) डॉ0 रामविलास शर्मा

(ग) नामवर सिंह (घ) मैनेजर पाण्डेय

193. 'गीत फरोश' इनमें से किस कवि की रचना है ?

(क) नरेन्द्र शर्मा (ख) भगवती चरण वर्मा

(ग) भवानी प्रसाद मिश्र (घ) नरेश मेहता

194. सर्वेश्वर दयाल सम्मेलन किस तार सप्तक से नई कविता के प्रतिनिधि कवि हुए ?

(क) पहले (ख) दूसरे

(ग) तीसरे (घ) चौथे

195. 'ठंढ़ा लोहा' किस कवि की रचना है ?

(क) शमशेर बहादुर सिंह (ख) धर्मवीर भारती

(ग) मुक्तिबोध (घ) नरेन्द्र शर्मा

196. 'कुआनो नदी' किस कवि की रचना है ?

(क) रधुवीर सहाय (ख) सर्वेश्वर दयाला सक्सेना

(ख) जगदीश गुप्त (घ) कुँअर नारायण

197. 'पहाड़ पर लालटेन' कविता-संग्रह किसका है ?

(क) अरुण कमल (ख) मंगलेश डबराल

(ग) वीरेन डुंगवाल (घ) केदारनाथ सिंह

198. 'खूँटियों पर टँगे हुए लोग' किसकी रचना है ?

(क) धूमिल (ख) सर्वेश्वर दयाल सक्सेना

(ग) मुक्तिबोध (घ) रघुवीर सहाय

199. मुक्तिबोध का निधन 1964 में हुआ था, इसी वर्ष भारत के किस राजनेता का निधन हुआ था ?

(क) लाल बहादुर शास्त्री (ख) जाकिर हुसैन

(ग) जवाहर लाल नेहरू (घ) दीनदयाल उपाध्याय

200. धूमिल की किस रचना पर उन्हे साहित्य अकादमी पुरस्कार प्राप्त हुआ ?

(क) कल सुनना मुझे (ख) संसद से सड़क तक

(ग) सुदामा पाण्डे का प्रजातंत्र (घ) इनमें से कोई नहीं

❖❖❖

उत्तरमाला

1. – ख	23. – क	45. – ख	67. – ख
2. – ख	24. – ख	46. – ग	68. – क
3. – ग	25. – ख	47. – क	69. – क
4. – ग	26. – ग	48. – ग	70. – ख
5. – घ	27. – ख	49. – ख	71. – ग
6. – क	28. – क	50. – ग	72. – घ
7. – घ	29. – क	51. – ख	73. – ग
8. – घ	30. – ख	52. – ख	74. – ख
9. – क	31. – क	53. – ग	75. – क
10. – क	32. – ग	54. – ग	75. – क
11. – क	33. – घ	55. – क	76. – क
12. – ख	34. – ग	56. – ग	77. – ख
13. – ग	35. – ख	57. – ख	78. – ख
14. – क	36. – ग	58. – क	79. – घ
15. – घ	37. – ग	59. – ख	80. – क
16. – ख	38. – घ	60. – क	81. – ग
17. – ग	39. – घ	61. – क	82. – ख
18. – ख	40. – घ	62. – क	83. – क
19. – ग	41. – क	63. – क	84. – क
20. – घ	42. – ख	64. – क	85. – क
21. – घ	43. – क	65. – ख	86. – ग
22. – ग	44. – ख	66. – ग	87. – ख

88. - घ	117. - ख	146. - ग	175. - क
89. - ग	118. - ख	147. - क	176. - ग
90. - घ	119. - ख	148. - ख	177. - ग
91. - क	120. - क	149. - ख	178. - क
92. - क	121. - क	150. - ग	179. - घ
93. - ख	122. - क	151. - ख	180. - घ
94. - घ	123. - ख	152. - ख	181. - क
95. - ग	124. - ख	153. - ख	182. - क
96. - क	125. - क	154. - घ	183. - ग
97. - क	126. - ख	155. - ख	184. - ख
98. - ख	127. - ख	156. - ख	185. - क
99. - क	128. - ख	157. - क	186. - क
100. - ग	129. - ग	158. - ख	187. - घ
101. - ख	130. - क	159. - घ	188. - क
102. - ख	131. - ख	160. - ख	189. - ख
103. - घ	132. - ग	161. - ग	190. - क
104. - ख	133. - ख	162. - क	191. - ख
105. - ख	134. - ख	163. - ग	192. - ग
106. - क	135. - क	164. - ख	193. - ग
107. - घ	136. - ग	165. - ख	194. - ग
108. - ग	137. - ख	166. - ख	195. - ख
109. - क	138. - घ	167. - ग	196. - ख
110. - ग	139. - घ	168. - क	197. - ख
111. - ग	140. - ख	169. - ग	198. - ख
112. - ख	141. - ग	170. - ख	199. - ग
113. - ग	142. - ग	171. - ग	200. - ख
114. - घ	143. - ग	172. - ख	
115. - घ	144. - ख	173.- ग	
116. - ख	145. - ख	174. - ख	

7

हिन्दी गद्य-साहित्य-विविध विधाएँ, नवीन विधाएँ, रचनाएँ एवं रचनाकार से संबंधित वस्तुनिष्ठ प्रश्न एवं उनके उत्तर ।

वस्तुनिष्ठ प्रश्न

नीचे दिये गये पत्येक प्रश्न के उत्तर के लिए चार-चार विकल्प दिये गये हैं। इन विकल्पों में से एक विकल्प सही उत्तर है। प्रत्येक प्रश्न के सही उत्तर के लिए सही विकल्प का चयन कीजिए -

1. 'हिन्दी नई चाल में ढली' - यह किसका कथन है ?
   (क) रामचन्द्र शुक्ल (ख) भारतेन्दु हरिश्चन्द्र
   (ग) महावीर प्रसाद द्विवेदी (घ) इंशाअल्ला खाँ
2. 'ब्राह्मण' पत्रिका कहाँ से प्रकाशित होती थी ?
   (क) कानपुर (ख) काशी
   (ग) इलाहाबाद (घ) कलकत्ता
3. 'आनन्द कादम्बिनी' पत्रिका के संपादक कौन थे ?
   (क) भारतेन्दु हरिश्चन्द्र (ख) महावीर प्रसाद द्विवेदी
   (ग) राय कृष्ण दास (घ) बद्रीनारायण चौधरी 'प्रेमधन'
4. भारतेन्दु काल को किस काल की संज्ञा दी गयी ?
   (क) पुनर्जागरण काल (ख) जागरण सुधार काल
   (ग) जागरण काल (घ) निर्माण काल
5. खड़ी बोली हिन्दी-गद्य का प्राचीनतम प्रमाण किस रचना में मिलता है?
   (क) प्रेम सागर (ख) नासिकेतोपाखयान
   (ग) चंद छंद बर्णन की महिमा (घ) रानी केतकी की कहानी
6. इनमें से 'प्रेमसागर' के लेखक कौन है ?
   (क) सदल मिश्र (ख) लल्लू लाल
   (ग) सदासुख लाल (घ) राम प्रसाद निरंजनी
7. 'सितारे हिंद' किस लेखक की उपाधि थी ?

(क) राजा शिव प्रसाद (ख) राजा लक्ष्मण सिंह

(ग) इंशाअल्ला खाँ (घ) भारतेन्दु हरिश्चन्द्र

8. इनमें से सदल मिश्र की रचना कौन है ?

(क) प्रेम सागर (ख) भाषा योगवशिष्ठ

(ग) भाग्यवती (घ) नासिकेतोपाख्यान

9. हिन्दी का पहला समाचार प्रत्र कहाँ से प्रकाशित हुआ ?

(क) कलकत्ता (ख) दिल्ली

(ग) इलाहाबाद (घ) बनारस

10. द्विवेदी युग को 'जागरण सुधार काल' किसने कहा ?

(क) रामचन्द्र शुक्ल (ख) हजारी प्रसाद द्विवेदी

(ग) गुलाब राय (घ) डॉ0 नगेन्द्र

11. 'हिन्दी प्रदीप' समाचार पत्र के संपादक कौन थे ?

(क) प्रातप नारायण मिश्र (ख) बालकृष्ण भट्ट

(ग) बाल मुकुन्द गुप्त (घ) राधाचरण गोस्वामी

12. बाल कृष्ण भट्ट को 'हिन्दी का एडिसन' किसने कहा ?

(क) रामचन्द्र शुक्ल (ख) भारतेन्दु हरिश्चन्द्र

(ग) डॉ0 नगेन्द्र (घ) राम विलास शर्मा

13. भारतेन्दु युग की समय-सीमा निम्नलिखित में से कौन है ?

(क) 1850 - 1900 (ख) 1875 - 1920

(ग) 1857 - 1900 (घ) 1880 - 1925

14. 'खड़ी बोली' की प्रारंभिक अवस्था में किस समाचार पत्र को 'भाषा गढ़ने की टकसाल' कहा गया ?

(क) बंगवासी (ख) हिन्दी प्रदीप

(ग) हरिश्चन्द्र मैंगजीन (घ) ब्राह्मण

15. 'प्रगतिशील लेखक संघ' की स्थापना किस वर्ष हुई ?

(क) 1930 (ख) 1933

(ग) 1935 (घ) 1936

16. हिन्दी साहित्य सम्मेलन, प्रयाग - का स्थापना वर्ष कब है ?

(क) 1900 (ख) 1910

(ग) 1890 (घ) 1915

17. 'काशी नागरी प्रचारिणी सभा' का स्थापना वर्ष कब है ?
(क) 1890 (ख) 1893
(ग) 1900 (घ) 1905

18. इनमें से निबन्ध का कौन-सा भेद स्वतंत्र विधा के रूप में मान्य हो गया?
(क) कथात्मक निबन्ध (ख) हास्य-व्यंग्यात्मक निबन्ध
(ग) समीक्षा (घ) भावात्मक निबन्ध

19. 'गद्य यदि कवियों की कसौटी है तो निबन्ध गद्य की कसौटी है'- यह कथन किसका है ?
(क) भारतेन्दु हरिश्चन्द्र (ख) रामचन्द्र शुक्ल
(ग) महावीर प्रसाद द्विवेदी (घ) रामविलास शर्मा

20. हरिशंकर परसाई किस विषय के प्रमुख निबन्धकार है ?
(क) ललित निबन्ध (ख) हास्य-व्यंग्य निबन्ध
(ग) वर्णनात्मक निबन्ध (घ) समीक्षात्मक निबन्ध

21. हिन्दी कहानी-कला का पूर्ण विकास किस युग में माना जाता है ?
(क) प्रेमचन्द युग (ख) भारतेन्दु युग
(ग) नई कहानी (घ) प्रसाद युग

22. आधुनिक कहानी का मुख्य उद्देश्य क्या है ?
(क) पाठक का मनोरंजन (ख) जीवन की आर्थिक अभिव्यक्ति
(ग) नैतिक मूल्यों की प्रतिष्ठा
(घ) भाषा-शैली में नवीन प्रयोग

23. हिन्दी साहित्य की सर्वाधिक लोक प्रिय विधा इनमें से कौन है?
(क) कहानी (ख) उपन्यास
(ग) जीवनी (घ) नाटक

24. हिन्दी कहानी में 'फ्लैश बैक शैली' का सर्वप्रथम प्रयोग किसने किया ?
(क) प्रेमचन्द (ख) इंशा अल्ला खाँ
(ग) जय शंकर प्रसाद (घ) चन्द्रधर शर्मा गुलेरी

25. शुक्ल युग के निबन्धों की वह कौन-सी विशेषता है जो पूर्व युग में नहीं है?
(क) भाषा परिमार्जन (ख) सूक्ष्म मनोविश्लेषण
(ग) विचार गाम्भीर्य (घ) हास्य-विनोद

26. हिन्दी की प्रथम मौलिक कहानी इनमें से किसे मानी गयी है?
(क) राजाभोज का सपना (ख) यमलोक की माया
(ग) नासिकेतोपाख्यान (घ) रानी केतकी की कहानी

27. समानान्तर कहानी आन्दोलन का प्रवर्तक किसे माना जाता है ?
(क) राजेन्द्र यादव (ख) अजेय
(ग) कमलेश्वर (घ) धर्मवीर भारती

28. उपन्यास को 'मानव चरित्र का आख्यान' किसने कहा है ?
(क) ए० बकर (ख) हजारी प्रसाद द्विवेदी
(ग) प्रेमचन्द (घ) रामचन्द्र शुक्ल

29. इनमें से तिलस्म एवं ऐच्चायारी उपन्यासों के प्रसिद्ध लेखक कौन हैं?
(क) वृन्दावन लाल वर्मा (ख) गोपाल दास गहमरी
(ग) देवकी नन्दन खत्री (घ) किशोरी लाल गोस्वामी

30. 'गोपाल दास गहमरी' ने किस प्रकार के उपन्यासों में प्रसिद्धि पायी?
(क) पौराणिक (ख) जासूसी
(ग) ऐतिहासिक (घ) तिलस्य एवं ऐय्यारी

31. नई कहानी आन्दोलन की शुरुआत कब से मानी जाती है ?
(क) 1950 से पूर्व (ख) 1950 से
(ग) 1960 से (घ) 1967 से

32. निम्नलिखित में से कौन प्रेमचन्द का उपन्यास नहीं है ?
(क) गोदान (ख) चित्रलेखा
(ग) कर्मभूमि (घ) निर्मला

33. धर्मवीर भारती का 'अंधा युग' किस प्रकार का नाटक है ?
(क) रूपक (ख) प्रहसन
(ग) गीति-नाट्य (घ) नृत्य-नाटिका

34. पाश्चात्य नाट्यकला से प्रभावित 'दुखान्त' नाटकों के सर्वप्रथम रचनाकार कौन हैं ?
(क) हरिकृष्ण प्रेमी (ख) भारतेन्दु हरिश्चन्द्र
(ग) सेठ गोविन्द दास (घ) जय शंकर प्रसाद

35. निम्नलिखित में से कौन जय शंकर प्रसाद का नाटक नहीं है?

(क) ध्रुवस्वामिनी (ख) लहरों का राजहंस

(ग) चन्द्रगुप्त (घ) स्कन्धगुप्त

36. रेडियो एकांकी का दूसरा नाम क्या है ?

(क) श्रवण एकांकी (ख) ध्वनि एकांकी

(ग) फैंटेसी (घ) आकाशवाणी एकांकी

37. इनमें से किसे आधुनिक हिन्दी एकांकी का जनक माना जाता है?

(क) डॉ0 राम कुमार वर्मा (ख) जय शंकर प्रसाद

(ग) भारतेन्दु हरिश्चन्द्र (घ) उपेन्द्र नाथ अश्क

38. हिन्दी का प्रथम एकांकी किसे माना जाता है ?

(क) एक घूँट - जय शंकर प्रसाद

(ख) कारवाँ - भुवनेश्वर

(ग) बादल की मृत्यु - राम कुमार वर्मा

(घ) नील देवी - भारतेन्दु हरिश्चन्द्र

39. हिन्दी इंटरव्यू विधा का सूत्रपात इनमें से किसने किया ?

(क) बनारसी दास चतुर्वेदी (ख) लक्ष्मीचन्द्र जैन

(ग) श्री राम शर्मा (घ) राजेन्द्र यादव

40. 'अपनी खबर' आत्म कथा के लेखक इनमें से कौन है ?

(क) निराला (ख) पाण्डेय बेचन शर्मा उग्र

(ग) श्री राम शर्मा (घ) शिवपूजन सहाय

41. बच्चन की आत्मकथा 'क्या भूलूँ क्या याद करूँ' कितने भाग में है?

(क) दो (ख) तीन

(ग) चार (घ) पाँच

42. जीवनी विधा की इनमें से कौन विशेषता नहीं है ?

(क) तटस्थता

(ख) प्रसिद्ध व्यक्ति का जीवन चरित्र

(ग) लेखक का प्रसिद्ध होना

(घ) इतिहास-कल्पना का समन्वय

43. जयशंकर प्रसाद का 'करुणालय' किस प्रकार का नाटक है ?

(क) गीति-नाट्य (ख) प्रतीकात्मक नाट्य

(ग) एकांकी नाटक (घ) ऐतिहासिक नाटक

44. नेपथ्य का सही अर्थ इनमें से कौन है ?

(क) कलाकारों का मेकअप रूम

(ख) वाद्‌य-यंत्रों के रखने का स्थान

(ग) रंगमंच के पीछे का स्थान

(घ) रंगमंच के सामने विशिष्ट दर्शनों का स्थान

45. 'अतीत के चलचित्र' किस विधा की रचना है ?

(क) यात्रा संस्मरण (ख) रिपोर्ताज

(ग) संस्मरण (घ) रेखाचित्र

46. इनमें से कौन रचना महादेवी वर्मा की नहीं है ?

(क) अतीत के चलचित्र (ख) पथ के साथी

(ग) स्मृति की रेखाएँ (घ) रेखाएँ बोल उठीं

47. इनमें से ललित निबन्धकार कौन नहीं है ?

(क) कुबेरनाथ (ख) रामचन्द्र शुक्ल

(ग) विद्या निवास मिश्र (घ) हजारी प्रसाद द्विवेदी

48. आलोचना साहित्य का सूत्रपात कब हुआ ?

(क) भक्तिकाल में (ख) रीतिकाल में

(ग) शुक्ल युग में (घ) द्विवेदी युग में

49. डॉ0 रामविलास शर्मा निम्नलिखित में से किस प्रकार के समालोचक हैं ?

(क) रसवादी समालोचक (ख) समाजवादी समालोचक

(ग) प्रभाववादी समालोचक (घ) सैद्धांतिक समालोचक

50. 'ठेठ हिन्दी का ठाठ' के रचनाकार का नाम बताइये ?

(क) अयोध्या सिंह उपाध्याय हरिऔध

(ख) बाल कृष्ण भट्‌ट

(ग) भारतेन्दु हरिश्चन्द्र

(घ) बाल मुकुन्द गुप्त

51. 'चिंतामणि' के रचनाकार का नाम बताइये ?

(क) हजारी प्रसाद द्विवेदी (ख) महावीर प्रसाद द्विवेदी

(ग) विवेकी राय (घ) रामचन्द्र शुक्ल

52. 'कला और बूढ़ा चाँद' के रचनाकार का नाम बताइये ?

(क) मुक्ति बोध (ख) सुमित्रा नन्दन पंत

(ग) धूमिल (घ) सर्वेश्वर दयाल सक्सेना

53. 'बिल्लेसुर बकरिहा' के रचनाकार का नाम बताइये ?

(क) निराला (घ) नागार्जुन

(ग) नरेन्द्र शर्मा (घ) बाल कृष्ण भट्ट

54. 'गेहूँ और गुलाब' के रचनाकार का नाम बताइये ?

(क) सरदार पूर्ण सिंह (ख) रामवृक्ष बेनीपुरी

(ग) धूमिल (घ) नागार्जुन

55. 'साहिल लहरी' के रचनाकार का नाम बताइये ?

(क) चिन्तामणि (ख) तुलसीदास

(ग) सूरदास (घ) केशव दास

56. 'शिक़ायत मुझे भी है' के रचनाकार का नाम बताइये ?

(क) शरद जोशी (ख) मुक्ति बोध

(ग) हरिशंकर परसाई (घ) धूमिल

57. 'एक बूँद सहसा उछली' के रचनाकार का नाम बताइये ?

(क) अज्ञेय (ख) निराला

(ग) दिनकर (घ) पंत

58. 'महाभोज' के रचनाकार का नाम बताइये ?

(क) मन्नू भंडारी (ख) गिरिराज किशोर

(ग) से० रा० यात्री (घ) निर्मल वर्मा

59. 'गुनाहों का देवता के रचनाकार का नाम बताइये ?

(क) हरशिंकर परसाई (ख) नागार्जुन

(ग) धर्मवीर भारती (घ) रांगेय राघव

60. 'राग दरबारी' के रचनाकार का नाम बताइये ?

(क) मृणाल पाण्डेय (ख) श्रीलाल शुक्ल

(ग) उषा प्रियावदा (घ) भुवनेश्वर

61. 'जलते हुए वन का वसंत' के रचनाकार का नाम बताइये ?

(क) दुष्यंत कुमार (ख) हरिशंकर परसाई

(ग) विद्यानिवास मिश्र (घ) कुबेरनाथ राय

62. 'सुदामा पाण्डे का प्रजातंत्र' के रचनाकार का नाम बताइये ?
(क) रघुवीर सहाय (ख) नागार्जुन
(ग) धूमिल (घ) शैलेश मटियानी
63. 'निशा-निमंत्रण' के रचनाकार का नाम बताइये ?
(क) महादेवी वर्मा (ख) हरिवंश राय बच्चन
(ग) पुष्पा भारती (घ) निराला
64. 'मैला आँचल' के रचनाकार का नाम बताइये ?
(क) राजेन्द्र अवस्थी (ख) फणीश्वर नाथ रेणु
(ग) कमलेश्वर (घ) नागार्जुन
65. 'वैदिकी हिंसा हिंसा न भवति' के रचनाकार का नाम बताइये?
(क) प्रताप नारायण मिश्र (ख) भारतेन्दु हरिश्चन्द्र
(ग) रामचन्द्र शुक्ल (घ) महावीर प्रसाद द्विवेदी
66. 'कितनी नावों में कितनी बार' के रचनाकार का नाम बताइये?
(क) कमलेश्वर (ख) अज्ञेय
(ग) धर्मवीर भारती (घ) मुक्ति बोध
67. 'हरी घास पर क्षण भर' के रचनाकार का नाम बताइये ?
(क) अज्ञेय (ख) नागार्जुन
(ग) कमलेश्वर (घ) धूमिल
68. 'बोल्गा से गंगा' के रचनाकार का नाम बताइये ?
(क) अज्ञेय (ख) नामवर सिंह
(ग) रामविलास शर्मा (घ) राहुल सांकृत्यायन
69. 'खुमाण रासो' के रचनाकार का नाम बताइये ?
(क) दलपति विजय (ख) नरपति नाल्ह
(ग) चन्द्रबरदाई (घ) जगनिक
70. 'आलोचक की आस्था' के रचनाकार का नाम बताइये ?
(क) नगेन्द्र (ख) रामविलास शर्मा
(ग) नामवर सिंह (घ) महावीर प्रसाद द्विवेदी
71. 'विषस्य विषमौषधम्' किसकी रचना है ?
(क) बाल मुकुन्द गुप्त (ख) भारतेन्दु हरिश्चन्द्र
(ग) कालिदास (घ) महावीर प्रसाद द्विवेदी

72. 'मधुमालती' किसकी रचना है ?

(क) जायसी (ख) कुतुबन

(ग) मंझन (घ) केश्वदास

73. 'चारु चन्द्र लेख' किसकी रचना है ?

(क) जगदीश चन्द्र माथुर (ख) उदय शंकर भट्ट

(ग) विष्णु प्रभारक (घ) हजारी प्रसाद द्विवेदी

74. इनमें से भारतेन्दु हरिश्चन्द्र की रचना कौन नहीं है ?

(क) प्रेम सरोवर (ख) प्रेमभारती

(ग) अन्धेर नगरी (घ) भारत दुर्दशा

75. इनमें से मोहन राकेश की रचना कौन नहीं है ?

(क) आखिरी चट्टान (ख) न आने वाला कल

(ग) आधे-अधूरे (घ) आँधी

76. जगन्नाथ दास रत्नाकार की रचना उद्धव-शतक किस भाषा में रचित है?

(क) भोजपुरी (ख) अवधी

(ग) मैथिली (घ) ब्रज

77. तुलसीदास की रचना 'विनय पत्रिका' किस भाषा में रचित है?

(क) अवधी (ख) ब्रज

(ग) अपभ्रंश (घ) खड़ी बोली

78. अयोध्या सिंह उपाध्याय हरिऔघ की रचना 'प्रिय-प्रवास' किस भाषा में है?

(क) ब्रज (ख) अवधी

(ग) खड़ी बोली (घ) इनमें से कोई नहीं

79. चन्दरबरदाई की रचना 'पृथ्वी राज रासो' किस भाषा में है ?

(क) ब्रज (ख) राजस्थानी

(ग) अपभ्रंश प्रभावित हिन्दी (घ) अवधी

80. गद्य-काव्य के प्रथम दर्शन इनमें से किस रचना में होते है ?

(क) भारत दुर्दशा में (ख) दुलाईवाली में

(ग) राजाभोज का सपना में (घ) चंद्रावली नाटिका में

81. सूरदास की रचना 'सूरसागर' का काव्य-रूप बताइये ?

(क) खण्ड काव्य (ख) गेय काव्य

(ग) मुक्तक काव्य (घ) महाकाव्य

82. हरिवंश राय बच्चन कृत 'निशा-निमंत्रण' का काव्य-रूप बताइये?
(क) प्रबन्ध काव्य (ख) गीति काव्य
(ग) खण्ड-काव्य (घ) इनमें से कोई नहीं

83. 'कर्मनाशा की हार' के रचयिता का नाम बताइये ?
(क) शिवानी (ख) शिव प्रसाद सिंह
(ग) ममता कालिया (घ) शिव मंगल सिंह 'सुमन'

84. 'शिवा बावनी' के रचनाकार के नाम बताइये ?
(क) भूषण (ख) सेनापति
(ग) नन्ददास (घ) केशव दास

85. 'अष्टाध्यायी' के रचनाकार का नाम बताइये ?
(क) पाणिनी (ख) पतंजलि
(ग) भवभूति (घ) वेदव्यास

86. 'दुर्गेश नन्दिनी' के रचयिता का नाम बताइये ?
(क) बंकिमचन्द्र चटर्जी (ख) दिनकर
(ग) शरत चन्द्र चट्टोपाध्याय (घ) रवीन्द्रनाथ टैगोर

87. 'गर्मराख' किसकी रचना है ?
(क) मुक्तिबोध (ख) उपेन्द्रनाथ अश्क
(ग) नागार्जुन (घ) यशपाल

88. 'आषाढ़ का एक दिन' किसकी रचना है ?
(क) सेठ गोविन्द दास (ख) उपेन्द्रनाथ अश्क
(ग) मोहन राकेश (घ) भीष्म साहनी

89. 'जनमेजय का नागयज्ञ' किसकी रचना है ?
(क) पंत (ख) प्रसाद
(ग) महादेवी (घ) निराला

90. 'जहाज का पंछी' किसकी रचना है ?
(क) यशपाल (ख) हरिऔघ
(ग) इलाचन्द्रजोशी (घ) शरदजोशी

91. 'मानस के हंस' किसकी रचना है ?
(क) अमृत लाल नागर (ख) अमृत राय
(ग) दिनकर (घ) महादेवी वर्मा

92. 'एक चिथड़ा सुख' किसी रचना है ?
(क) निर्मल वर्मा (ख) कमलेश्वर
(ग) मृणाल पाण्डेय (घ) गुरुदयाल सिंह

93. 'दलित साहित्य का सौदर्य शास्त्र' किसकी रचना है ?
(क) ओम प्रकाश वाल्मीकि (ख) उदित राय
(ग) जय प्रकाश कर्दम (घ) राम सुजान अमर

94. 'सुजान सागर' किसकी रचना है ?
(क) भूषण (ख) धनानंद
(ग) सेनापति (घ) बिहारी लाल

95. 'उर्मिला' किसकी रचना है ?
(क) कमलेश्वर (ख) बालकृष्ण शर्मा नवीन
(ग) धर्मवीर भारती (घ) महादेवी वर्मा

96. 'पचपन खम्भे लाल दीवारें' किसकी रचना है ?
(क) उषा प्रियंवदा (ख) मन्नू भण्डारी
(ग) मृणाल पाण्डेय (घ) शिवानी

97. 'सुनीता' किसकी रचना है ?
(क) प्रेमचन्द (ख) यशपाल
(ग) नागार्जुन (घ) जैनेन्द्र कुमार

98. 'चाँद का मुहँ टेढ़ा है' किसकी रचना है ?
(क) मुक्तिबोध (ख) नागार्जुन
(ग) कमलेश्वर (घ) यशपाल

99. 'भूले बिसरे चित्र' किसकी रचना है ?
(क) भागवती चरण वर्मा (ख) रामविलास शर्मा
(ग) नामवर सिंह (घ) यशपाल

100. 'बलचनमा' किसकी रचना है ?
(क) कमलेश्वर (ख) नागार्जुन
(ग) मुक्तिबोध (घ) शमशेर बहादुर सिंह

101. 'उदन्त मार्तण्ड' क्या है ?
(क) महाकाव्य (ख) समाचार पत्र
(ग) नाटक-संग्रह (घ) निबन्ध-संग्रह

102. 'हिन्दी का सर्वप्रथम समाचार पत्र कौन था ?

(क) समाचार सुधा वर्णन (ख) बंगदूत

(ग) प्रजा हितैषी (घ) इनमें से कोई नहीं

103. 'मेघदूत-काव्य संस्कृत से खड़ी बोली में किसने अनुवाद किया ?

(क) लल्लू लाल (ख) सदल मिश्र

(ग) राजा लक्ष्मण सिंह (घ) भारतेन्दु हरिश्चन्द्र

104. हिन्दी गद्य के संदर्भ में महावीर प्रसाद द्विवेदी का मुख्य योगदान निम्नलिखित में से किसमें है ?

(क) नये विषयों पर साहित्य रचना

(ख) हिन्दी के परिष्कार और परिमार्जन में

(ग) अनुवाद कार्य

(घ) इनमें से कोई नहीं

105. हिन्दी का सर्वप्रथम छापाखाना (प्रेस) कहाँ स्थापित हुआ ?

(क) लखनऊ (ख) कलकत्ता

(ग) बनारस (घ) इलाहाबाद

106. इन्दु मासिक पत्रिका कहाँ से निकलती थी ?

(क) लखनऊ (ख) कानपुर

(ग) काशी (घ) इलाहाबाद

107. 'प्रताप' पत्र के संपादक इनमें से कौन थे ?

(क) अम्बिका प्रसाद गुप्त (ख) माधव प्रसाद सिंह

(ग) गणेश शंकर विद्यार्थी (घ) कृष्णकांत मालवीय

108. किस प्रकार के निबन्धों को 'गद्य-काव्य' कहा गया है ?

(क) विचारात्मक (ख) भावात्मक

(ग) वर्णनात्मक (घ) हास्य-व्यंग्यात्मक

109. निबन्ध का अर्थ इनमें से कौन सही है ?

(क) छन्द बन्धन से रहित गद्य-काव्य

(ख) पाण्डित्य पूर्ण गद्य-रचना

(ग) निजीपन की छापलिए किसी विषय पर सीमित आकार की गद्य-रचना

(घ) स्वच्छन्द विचारे की गद्य-रचना

110. ऐतिहासिक उपन्यासकारों में कौन सर्वप्रमुख है -

(क) आचार्य चतुरसेन शास्त्री (ख) यशपाल

(ग) हृदयेश (घ) वृन्दावन लाल वर्मा

111. एकांकी में सकलन-त्रय का क्या अर्थ है ?

(क) समय-स्थान-काल की एकता

(ख) समय-स्थान-कार्य की एकता

(ग) पात्र-भाषा-वेशभूषा का समन्वय

(घ) देश-काल-वातावरण का समन्वय

112. निम्नलिखित में से किसने अपने नाटकों में गीतों का भी प्रयोग किया है ?

(क) जगदीश चन्द्र माथुर (ख) जयशंकर प्रसाद

(ग) उपर्युक्त दोनों (घ) इनमें से कोई नहीं

113. एकांकी निम्नलिखित में किसके अन्तर्गत आता है ?

(क) दृश्य काव्य (ख) श्रव्य काव्य

(ग) (क) और (ख) (घ) इनमें से कोई नहीं

114. हिन्दी नाटक के विकास में भारतेन्दु का योगदान किस रूप में नहीं था ?

(क) 'नाटक' नामक नाट्य शास्त्रीय ग्रंथ की रचना

(ख) संस्कृत, बंगला, अंग्रेजी नाटकों का हिन्दी अनुवाद

(ग) पारसी थियेटर के प्रभाव को ग्रहण करना

(घ) नाटकों में स्वंय अभिनय करना

115. हिन्दी साहित्य के किस काल में पद्यबद्ध आलोचनाएँ लिखी गयीं?

(क) आदि काल में (ख) भाक्ति काल में

(ग) रीतिकाल में (घ) किसी काल में नहीं

116. 'पार्टी कामरेड' के रचनाकार का नाम बताइये ?

(क) यशपाल (ख) राजेन्द्र यादव

(ग) नामवर सिंह (घ) नागार्जुन

117. रसिक प्रिया के रचनाकार का नाम बताइये ?

(क) सूरदास (ख) तुलसीदास

(ग) नंददास (घ) केशवदास

118. 'डाक बंगला' के रचनाकार का नाम बताइये ?

(क) रामकुमार वर्मा (ख) नीरज

(ग) कमलेश्वर (घ) यशपाल

119. 'धारती के पुत्र' के रचनाकार का नाम बताइये ?

(क) कामता प्रसाद गुरु

(ख) श्यामनारायण पाण्डेय

(ग) कन्हैया लाल मिश्र 'प्रभाकर'

(घ) के0 एम0 मुंशी

120. 'गीत गोविन्द' के रचनाकार का नाम बताइये ?

(क) कालिदास (ख) नन्द दास

(ग) रसखान (घ) जयदेव

121. 'परशुराम की प्रतीज्ञा' के रचनाकार का नाम बताइये ?

(क) अज्ञेय (ख) दिनकर

(ग) नीरज (घ) कमलेश्वर

122. 'मेरे राम का मुकुट भींग रहा है' के रचनाकार का नाम बताइये?

(क) कुबेरनाथ राय (ख) विद्या निवास मिश्र

(ग) सुभद्रा कुमारी चौहान (घ) महादेवी वर्मा

123. 'सखाराम बाइन्डर' के रचनाकार का नाम बताइये ?

(क) अज्ञेय (ख) विजय तेन्दुलकर

(ग) यशपाल (घ) मुक्तिबोध

124. 'घासीराम कोतवाल' के रचनाकार का नाम बताइये ?

(क) विजय तेन्दुलकर (ख) सुभद्रा कुमारी चौहान

(ग) नागार्जुन (घ) कमलेश्वर

125. 'परख' के रचनाकार का नाम बताइये ?

(क) जैनेन्द्र कुमार (ख) उपेन्द्रनाथ अश्क

(ग) कमलेश्वर (घ) नागार्जुन

❖❖❖

उत्तरमाला

1. – ख	23. – क	45. – घ	67. – क	89. – ख
2. – क	24. – घ	46. – घ	68. – घ	90. – ग
3. – घ	25. – ख	47. – ख	69. – क	91. – क
4. – क	26. – घ	48. – ख	70. – क	92. – क
5. – ग	27. – ग	49. – ख	71. – ग	93. – क
6. – ख	28. – ख	50. – क	72. – ग	94. – ख
7. – क	29. – ग	51. – घ	73. – घ	95. – ख
8. – घ	30. – ख	52. – ख	74. – ख	96. – क
9. – क	31. – क	53. – क	75. – घ	97. – घ
10. – घ	32. – ख	54. – ख	76. – घ	98. – क
11. – ख	33. – ग	55. – ग	77. – ख	99. – क
12. – क	34. – ख	56. – ग	78. – ग	100. – ख
13. – क	35. – ख	57. – क	79. – ग	101. – ख
14. – क	36. – क	58. – क	80. – घ	102. – क
15. – घ	37. – क	59. – ग	81. – ग	103. – ग
16. – ख	38. – क	60. – ख	82. – ख	104. – ख
17. – ख	39. – क	61. – क	83. – ख	105. – ग
18. – ग	40. – ख	62. – ग	84. – क	106. – ग
19. – ख	41. – ग	63. – ख	85. – क	107. – ग
20. – ख	42. – ग	64. – ख	86. – क	108. – ख
21. – क	43. – क	65. – ख	87. – ख	109. – ग
22. – ख	44. – ग	66. – ख	88. – ग	110. – घ

110. - घ	114. - ग	118. - ग	122. - ख
111. - ख	115. - ख	119. - ग	123. - ख
112. - ग	116. - क	120. - घ	124. - क
113. - क	117. - घ	121. - ख	125. - क

8

वाक्य-भेद, वाक्य-शुद्धि

वस्तुनिष्ठ प्रश्न

दिये गये वाक्यों में कौन-से वाक्य में वाक्य का कौन-सा भेद है इसकी जानकारी देने के लिए प्रत्येक उत्तर के चार-चार विकल्पों में से एक सही विकल्प चुनना है ।

1. 'जब बच्चों ने खाना खा लिया तब वे विद्यालय चले गये।' यह वाक्य कैसा है ?

   (क) सरल वाक्य (ख) मिश्र वाक्य

   (ग) संयुक्त वाक्य (घ) इनमें से कोई नहीं

2. 'सच बोलने वालों को सभी प्यार करते हैं।'-वाक्य-भेद बताइये?

   (क) संयुक्त वाक्य (ख) मिश्र वाक्य

   (ग) सरल वाक्य (घ) मिश्र-संयुक्त वाक्य

3. 'क्या अनमोल परीक्षा में उत्तीर्ण हो गया?' वाक्य-भेद बताइये?

   (क) विधानवाचक (ख) प्रश्नवाचक

   (ग) सन्देहवाचक (ग) संकेतवाचक

4. 'मैं चहता हूँ कि नरेश विद्यालय जाये ।' वाक्य-भेद बताइये ?

   (क) संकेतवाचक (ख) विधानवाचक

   (ग) सन्देहवाचक (घ) इच्छावाचक

5. क्या वह झूठ बोल रहा था ? वाक्य-भेद बताइये ?

   (क) प्रश्नवाचक (ख) इच्छावाचक

   (ग) निषेधवाचक (घ) विधानवाचक

6. मोहन ने जो कार्ड छपवाए वे शादी के लिए थे? वाक्य-भेद बताइये?

   (क) संयुक्त वाक्य (ख) मिश्रवाक्य

   (ग) सरल वाक्य (घ) इनमें से कोई नहीं

7. शीला उस लड़की से मिली थी, जिसने नृत्य किया था। वाक्य-भेद बताइये?
(क) साधारण वाक्य (ख) असाधारण वाक्य
(ग) मिश्रवाक्य (ग) संयुक्त वाक्य

8. मीना एक दो फुट लम्बे आदमी से मिली। वाक्य-भेद बताइये?
(क) सरल वाक्य (ख) मिश्र वाक्य
(ग) संयुक्त वाक्य (घ) इनमें से कोई नहीं

9. थैला उठाकर अंशु दफतर चला गया।- वाक्य-भेद बताइये?
(क) सरल वाक्य (ख) मिश्र वाक्य
(ग) संयुक्त वाक्य (घ) इनमें से कोई नहीं

10. आज रमेश सबेरे उठा और दूध पी लिया।-वाक्य-भेद बताइये?
(क) सरल वाक्य (ख) मिश्र वाक्य
(ग) संयुक्त वाक्य (घ) इनमें से कोई नहीं

11. 'वैद्यनाथ, विद्यालय जाओ ।' - वाक्य-भेद बताइये ?
(क) निषेधवाचक (ख) प्रश्नवाचक
(ग) विधानवाचक (घ) आज्ञावाचक

12. वाह ! क्या सुन्दर भवन है । - वाक्य-भेद बताइये ?
(क) संकेत वाचक (ख) विस्मय वाचक
(ग) विधान वाचक (घ) आज्ञावाचक

13. 'मनोज नहीं आने वाला है ।' - वाक्य-भेद बताइये ?
(क) नकारार्थक (ख) बल दायक
(ग) संदेह वाचक (घ) स्वीकार्य

14. 'सदा सुखी रहो ।' - वाक्य-भेद बताइये ?
(क) विधानवाचक (ख) संदेहवाचक
(ग) इच्छावाचक (घ) संकेतवाचक

15. 'सुरेश दिल्ली गया है ।' - वाक्य-भेद बताइये ?
(क) इच्छावाचक (ख) विधानवाचक
(ग) विस्मयवाचक (घ) संकेतवाचक

16. 'लड़के मैदान में उछल-कूद कर रहे हैं।'-वाक्य-भेद बताइये?
(क) विधानवाचक (ख) इच्छावाचक
(ग) संदेहवाचक (घ) संकेतवाचक

17. 'सविता घर जायेगी ।' - वाक्य-भेद बताइये ?

(क) विधानवाचक (ख) इच्छावचाक

(ग) संदेहवाचक (घ) संकेतवाचक

18. 'वह पटना चला गया होगा ।' - वाक्य-भेद बताइये ?

(क) प्रश्नवाचक (ख) सन्देहवाचक

(ग) संकेतवाचक (घ) विधानवाचक

19. 'कल हड़ताल है इसलिए बाजार बन्द रहेगा।' वाक्य-भेद बताइये?

(क) संयुक्त वाक्य (ख) सरल वाक्य

(ग) मिश्र वाक्य (ग) इनमें से कोई नहीं

20. 'हड़ताल होने के कारण कल बाजार बन्द रहेगा।'-वाक्य-भेद बताइये?

(क) सरल वाक्य (ख) मिश्र वाक्य

(ग) संयुक्त वाक्य (घ) इनमें से कोई नहीं

21. ' ऐसा काम करो जिसमें लाभ हो ।' - वाक्य-भेद बताइये ?

(क) सरल वाक्य (ख) मिश्र वाक्य

(ग) संयुक्त वाक्य (घ) इनमें से कोई नहीं

22. 'अरे ! मनोज विद्यालय जाता है ।' - वाक्य-भेद बताइये ?

(क) संदेहवाचक (ख) विस्मय वाचक

(ग) संकेतवाचक (घ) विधानवाचक

23. 'शायद मंत्रीजी आवास में हों ।' - वाक्य-भेद बताइये ?

(क) इच्छावाचक (ख) संदेहवाचक

(ग) संकेतवाचक (ग) विधानवाचक

24. 'जब पिताजी स्टेशन पहुँचे, गाड़ी आ चुकी थी ।'-वाक्य-भेद बताइये?

(क) सरलवाक्य (ख) मिश्रवाक्य

(ग) संयुक्तवाक्य (घ) इनमें से कोई नहीं

25. 'पिताजी के स्टेशन पहुँचने से पहले ही गाड़ी आ चुकी थी।'- वाक्य-भेद बताइये?

(क) सरलवाक्य (ख) मिश्रवाक्य

(ग) संयुक्तवाक्य (घ) इनमें से कोई नहीं

26. 'स्वास्थ्य के लिए संतुलित भोजन आवश्यक है ।'-वाक्य-भेद बताइये?

(क) इच्छावाचक (ख) निषेधवाचक

(ग) विधानवाचक (घ) संकेतवाचक

27. 'किसी ने कहा है कि विनाशकाल में मनुष्य की बुद्धि भ्रष्ट हो जाती है ।' - वाक्य-भेद बताइये ?

(क) सरलवाक्य (ख) मिश्रवाक्य

(ग) संयुक्तवाक्य (घ) इनमें से कोई नहीं

28. दिये गये विकल्पों में से आज्ञावाचक वाक्य चुनिये -

(क) कितनी सुन्दर तस्वीर है ।

(ख) धीरे-धीरे बात करो ।

(ग) कृपया आप बाहर बैठिए ।

(घ) वे लोग कहाँ रहते हैं ।

29. दिये गये विकल्पों में से संदेहवाचक वाक्य चुनिये -

(क) मैंने कब बुराई की थी ।

(ख) बहुत दुर है उसका घर ।

(ग) ऐसा मत करना ।

(घ) नहीं, ऐसा हो ही नहीं सकता ।

30. दिये गये विकल्पों में से संदेहवाचक वाक्य चुनिये -

(क) शायद वह तुम्हारी शादी में भी आ जाए ।

(ख) मैं तो अवश्य ही आऊँगा ।

(ग) कौन जाने क्या होगा ।

(घ) कभी भी ऐसा नहीं होगा ।

31. इन वाक्यों में से 'संकेतवाचक' वाक्य चुनिये -

(क) मैं वहाँ जरूर जाऊँगा ।

(ख) वो कौन आ रहा है ।

(ग) वह रहेगा तो मैं जाऊँगा ।

(घ) ईश्वर तुम्हे नीरोग रखें ।

32. निम्नलिखित वाक्यों में से 'विस्मयवाचक' वाक्य चुनिए -

(क) सदैव विचारकर ही बोलो ।

(ख) तुम मेरी न बन सकी ।

(ग) काश ! तुम हमारे साथ होते ।

(घ) क्या शानदार बँगला है ।

33. इनमें से इच्छावाचक वाक्य चुनिए -

(क) बुरे लोगों से दूर रहना ।

(ख) मेरा घर सुन्दर बन गया है ।

(ग) मैं यहाँ बैठूँगा और तुम वहाँ ।

(घ) पिताजी खिलौने लेकर आये ।

34. इन वाक्यों में से 'प्रश्नवाचक' वाक्य चुनिये -

(क) मुझे दुखी करके तुम्हे क्या मिलेगा ।

(ख) कैसा गर्म मौसम है ।

(ग) कितना सुन्दर स्थान है ।

(घ) मैं तुम्हारे साथ चलूँगा ।

35. निम्नलिखित वाक्यों में से 'विधानवाचक' वाक्य चुनिये -

(क) निर्मला अध्यापिका है ।

(ख) शायद कल मैं न आ सकूँ ।

(ग) अगर रमेश आयेगा तो गोपाल जायेगा ।

36. दिये गये वाक्यों में से संयुक्त वाक्य चुनिये -

(क) वह खाना खाकर सो गया ।

(ख) मैंने उसे पढ़ाकर नौकरी दिलवायी ।

(ग) मोहन को खेलना था अतः वह मैदान मे गया ।

(घ) मोहन यहाँ कल आया । उसने मुझसे बात की ।

37. निम्नलिखित वाक्यों में से संयुक्त वाक्य चुनिये -

(क) स्त्रियाँ कुएँ पर जल भर रही हैं ।

(ख) वह पागल है, इसलिए पत्थर फेंक रहा है ।

(ग) मेरा अनुमान है कि आज गोपाल आयेगा ।

(घ) जो समय भी कीमत समझता है वह सफल होता है ।

38. निम्नलिखित वाक्यों में से संयुक्त वाक्य चुनिये -

(क) वह खेल में भी अच्छा है और पढ़ाई में भी ।

(ख) वह खेल और पढ़ाई दोनों में अच्छा है ।

(ग) नीचे गिरने के कारण गिलास टूट गया ।

(घ) बाजार जाकर वह मेरे लिए दवा लायी ।

39. दिये गये वाक्यों मे से मिश्र वाक्य चुनिये -

(क) वर्षा होने पर मोर नाचने लगते हैं ।

(ख) मैं मेला देखने जाऊँगी और खिलौने लाऊँगी ।

(ग) तुम खूब परिश्रम करते हो और अच्छे अंक पाते हो ।

(घ) जो लोग शराब पीते हैं, मुझे अच्छे नहीं लगते ।

40. दिये गये वाक्यों में से सरल वाक्य चुनिये –

(क) चिड़ियाँ उड़ रही हैं और चहचहा रही हैं ।

(ख) बच्चे दौड़ रहे हैं ।

(ग) जब तक पिताजी रहे तब तक बच्चे कुछ न बोले ।

(घ) जो व्यक्ति परिश्रम करते है वे सदैव सफल होते है ।

41. निम्नलिखित वाक्यों में से सरल वाक्य चुनिये –

(क) तुम मिठाई लाने के लिए बाजार जाओ ।

(ख) मनुष्य कर्म से महान् बनता है और अकर्म से हीन ।

(ग) प्रतीक बहुत खेला फिर सो गया ।

(घ) जो प्रयास करते हैं उन्हें सफलता अवश्य मिलती है ।

42. निम्नलिखित वाक्यों में से निषेधात्मक वाक्य चुनिये –

(क) लड़ाई-झगड़ा मत करो ।

(ख) कृपया मुझे यह कलम दीजिए ।

(ग) खेलना बन्द करो ।

(घ) हो सकता है आज धूप न निकले ।

43. निम्नलिखित वाक्यों में से निषेधात्मक वाक्य चुनिये –

(क) सारा सामान खरीद लाना ।

(ख) अरे ! तुम आ गये ।

(ग) कौन-कौन आया था ।

(घ) वे बाजार नहीं गए ।

44. दिये गये वाक्यों में से अशुद्ध वाक्य चुनिये –

(क) गीता अच्छी पुस्तक है ।

(ख) सुरेश सुन्दर लगता है ।

(ग) मैंने आपके लिए पटना की अच्छी होटल से खाना मँगवाया है ।

(घ) विभा मुझसे प्यार करती है ।

45. दिये गये वाक्यों में से अशुद्ध वाक्य चुनिये –

(क) वह देश के संस्कृति का बहुत सम्मान करता है ।

(ख) हमने आपसे कहा था ।

(ग) अनिल छत पर गया ।

(घ) प्लेट यहाँ रखो ।

46. निम्नलिखित वाक्यों में से अशुद्ध वाक्य चुनिये -

(क) मोहन केवल इसलिए यहाँ आया था ।

(ख) यद्यपि नितिनजी व्यस्त प्रकाशक हैं, तथापि लेखक की बात एकाग्रता से सुनते हैं ।

(ग) नन्दकिशोर कल सुबह इलाहाबाद गया ।

(घ) उसने नौकरी छोड़ दी ।

47. इनमे से शुद्ध वाक्य चुनिये -

(क) प्लेट को यहाँ रखो ।

(ख) मोहन ने खाना खिलाया ।

(ग) उसने नौकरी छोड़ दी ।

(घ) मैंने उस पर हस्ताक्षर कर दिये ।

48. इनमें से शुद्ध वाक्य चुनिये -

(क) गेंहूँ की बीस बालियाँ लाओ ।

(ख) यहाँ शुद्ध गाय का दूध मिलता है ।

(ग) दरगाह पर एक मोतियों से जड़ी चादर चढ़ाई गई ।

(घ) सच बोलना तलवार पर चलना है ।

49. इनमें से अशुद्ध वाक्य चुनिये -

(क) पानी का एक गिलास लाओ ।

(ख) गाजर काटकर खरगोश को खिलाओ ।

(ग) उसने मुझे टका-सा उत्तर दे दिया ।

(घ) वह दंड पाने योग्य है ।

50. निम्नलिखित में से शुद्ध वाक्य चुनिये -

(क) दादी का प्राण निकल गया ।

(ख) चार आदमी के लिए खाना बना दो ।

(ग) मैंने तीन कुसियाँ खरीदी ।

(घ) मेरे भाई की शादी के लिए अनेको प्रस्ताव आये ।

उत्तरमाला

1. – ख	14. – ग	27. – ख	40 – ख
2. – ग	15. – ख	28. – ख	41. – क
3. – ख	16. – क	29. – घ	42. – क
4. – घ	17. – क	30. – क	43. – घ
5. – क	18. – ख	31. – ग	44. – ग
6. – ग	19. – क	32. – घ	45. – क
7. – ग	20. – क	33. – क	46. – क
8. – क	21. – ख	34. – क	47. – घ
9. – क	22. – ख	35. – क	48. – क
10. – ग	23. – ख	36. – ग	49. – ग
11. – घ	24. – ख	37. – ख	50. – ग
12. – ख	25. – क	38. – क	
13. – क	26. – ग	39. – क	

9

भाषा-विज्ञान

भाषा का अर्थ, स्वरूप, महत्त्व, बोलियाँ, शब्द-सम्पदा, ध्वनियाँ, लिपि, अर्थ परिवर्तन की दिशाएँ या प्रकार इत्यादि पर आधारित वस्तुनिष्ठ प्रश्न एवं उनके उत्तर ।

वस्तुनिष्ठ प्रश्न

नीचे दिये गये पत्येक प्रश्न के उत्तर के लिए चार-चार विकल्प दिये गये हैं । इन विकल्पों में से एक विकल्प सही उत्तर है । प्रत्येक प्रश्न के सही उत्तर के लिए सही विकल्प का चयन कीजिए -

1. 'व्यवहार लोक में अर्थ प्रतीति कराने वाली ध्वनि ही शब्द है।'- यह कथन किस वैयाकरण का है ?

   (क) पाणिनि (ख) किशोरी दास बाजपेयी

   (ख) पतंजलि (ख) कामता प्रसाद गुरु

2. शब्दों के वर्गीकरण का आधार है ?

   (क) रचना (ख) उद्‌गम

   (ग) अर्थ (घ) उपर्युक्त सभी

3. निम्नलिखित में कौन-सा कथन असत्य है ?

   (क) यौगिक शब्द दो शब्दों के योग से बनते हैं ।

   (ख) तद्‌भव शब्द सीधे संस्कृत से आए हैं ।

   (ग) उपसर्ग-प्रत्यय से रूढ़ शब्द बनते हैं ।

   (घ) योग रूढ़ शब्द अविकारी होता है ।

4. 'शब्द की सही परिभाषा किस कथन में है ?

   (क) एक या एक से अधिक वर्ण समूह को शब्द कहते है ।

   (ख) एक या एक से अधिक सार्थक वर्ण समूह को शब्द कहते है ।

   (ग) ध्वनि की लघुतम इकाई को शब्द कहते हैं ।

   (घ) एक या एक से अधिक ध्वनि समूह को शब्द कहते हैं।

5. पशु शब्द का प्रयोग हिरण के अर्थ में अर्थ-परिवर्तन की किस दिशा को घोषित करता है ?

(क) अर्थ - संकोच (ख) अर्थ - विस्तार

(ग) अर्थादेश (घ) अर्थापकर्ष

6. अर्थ-पविर्तन की दिशाओं की संख्या कितनी है ?

(क) 3 (ख) 4

(ग) 5 (घ) 6

7. महाप्राण वर्ण का अर्थ इनमें से कौन सही है ?

(क) जिसके उच्चारण मे श्वास समय अधिक लगे ।

(ख) दीर्घ मात्रा वाले वर्ण

(ग) कम ध्वनि उच्चारण वाले वर्ण

(घ) इनमें से कोई नहीं

8. इनमें से कौन महाप्राण नहीं है ?

(क) फ य (ख) ख प

(ग) छ क्ष (ग) त द

9. निम्नलिखित में से कौन-सा कथन असत्य है ?

(क) ध्वनि-वर्ण का अभिन्न संबंध है ।

(ख) वर्ण ध्वनि के लिखित चिन्ह् हैं ।

(ग) वर्ण भाषा की लघुतम इकाई है ।

(घ) इनमें से कोई नहीं ।

10. निम्नलिखित में से व्यंजन की कौन परिभाषा सही है ?

(क) स्वर की सहायता से बोले जाने वाले वर्ण

(ख) बिना किसी की सहायता से बोले जाने वाले वर्ण

(ग) बिना अवरोध के बोले जाने वाले वर्ण

(घ) दीर्घ स्वर वाले वर्ण

11. बिना अवरोध के उच्चारित होने वाले वर्ण क्या कहलाते है ?

(क) स्पर्श (ख) स्वर

(ग) घोष (घ) व्यंजन

12. ध्वनि किसकी लघुतम इकाई है ?

(क) भाषा की (ख) शब्द की

(ग) वाक्य की (घ) अक्षर की

13. भाषा के संदर्भ में इनमें कौन-सा कथन असत्य है ?

(क) भाषा का धर्म से संबंध नहीं होता ।

(ख) व्यक्ति संसार की कोई भी भाषा अपना सकता है ।

(ग) भाषा की उत्पत्ति समाज से होती है ।

(घ) भाषा जन्म से ही व्यक्ति को प्राप्त होती है ।

14. किसी बोली के भाषा बनने में कौन-से तत्त्व सहायक होते हैं?

(क) आवागमन की सुविधा होना

(ख) सांस्कृतिक और राजनीतिक चेतना

(ग) राजनीतिक नेताओं का प्रभाव

(घ) साहित्य की दृष्टि से समृद्ध होना

15. भाषा का आदर्श रूप निम्नलिखित में कहाँ नहीं प्रयुक्त होता है?

(क) शिक्षा के क्षेत्र में (ख) पत्र-पत्रिकाओं में

(ग) बोलचाल में (घ) शासन-प्रशासन में

16. 'राष्ट्रभाषा' का सही अर्थ इनमें से कौन है ?

(क) जो विदेश में भी बोली जाती है ।

(ख) जिसे संविधान से मान्यता दी गई हो ।

(ग) देश में व्यापक रूप से प्रचलित भाषा ।

(घ) जो केवल एक ही लिपि में लिखी जाती हो ।

17. 'राजभाषा' का सही अर्थ इनमें से कौन-सा है ?

(क) जिसके द्वारा राज्यों में शासन चलाया जाए ।

(ख) राज्यों में बोली जाने वाली भाषा ।

(ग) देश के राजकीय कार्यो में प्रयुक्त होने-वाली भाषा ।

(घ) राज्य के सभी वर्गो में स्वीकृत भाषा ।

18. किसी सीमित क्षेत्र में बोली जाने वाली भाषा को.........भाषा कहते है। इस कथन के रिक्त स्थान में सही विकल्प चुनकर भरिये ?

(क) उपबोली (ख) विभाषा

(ग) बोली (घ) इनमें से कोई नहीं

19. 'बोली के संबंध में कौन-सा कथन असत्य है ?

(क) बोली भाषा की आधारशिला है ।

(ख) बोली ही विकसित होकर भाषा बन जाती है ।

(ग) एक भाषा की अनेक बोलियाँ हो सकती हैं ।

(घ) बोली में केवल मौखिक साहित्य परम्परा होती है ।

20. निम्नलिखित कथनों में भाषा की विशेषता कौन नहीं है ?

(क) सार्थक शब्द समूह ।

(ख) मनोभावों को अभिव्यक्त करने की क्षमता

(ग) समस्त प्राणियों के लिए बोधगम्य होना ।

(घ) विदेशी ध्वनियों के लिए चिह्नों का अभाव ।

21. निम्नलिखित में से कौन भाषा का भेद नहीं है ?

(क) विभाषा (ख) मातृभाषा

(ग) बोली (घ) धार्मिकभाषा

22. खड़ी बोली के संदर्भ में निम्नलिखित में से कौन-सा कथन असत्य है ?

(क) ग्रियर्सन ने इसे 'देशी हिन्दुस्तानी' कहा है ।

(ख) खड़ी बोली का विकसित रूप मानक हिन्दी है ।

(ग) खड़ी बोली का दूसरा नाम 'कौरवी' है ।

(घ) खड़ी बोली अकारान्त प्रधान है ।

23. 'कौरवी' का दूसरा प्रचलित नाम इनमें से कौन है ?

(क) हरियाणवी (ख) कुरुक्षेत्री

(ग) खड़ी बोली (घ) अवधी

24. 'बैसवाड़ी' किस बोली की उपबोली है ?

(क) अवधी (ख) ब्रज

(ग) छत्तीसगढ़ी (घ) कन्नौजी

25. संविधान के प्रारंभ में कितने वर्ष के लिए अंग्रेजी को राजकीय कामकाज के लिए अधिकृत किया गया था ?

(क) 10 वर्ष (ख) 15 वर्ष

(ग) 20 वर्ष (घ) सदा के लिए

26. संविधान के अनुच्छेद में हिन्दी को राजभाषा की सांवैधानिक मान्यता दी गई है ?

(क) अनुच्छेद 340 (ख) अनच्छेद 347

(ग) अनुच्छेद 343 (घ) अनुच्छेद 344

27. किस कारण से देवनागरी लिपि को भारतीय संविधान में संघ की राजभाषा की लिपि कहा गया है ?
(क) देखने में सुन्दर है। (ख) लिखने में सरल है ।
(ग) यह मुद्रण और टंकण में सुविधाजनक है ।
(घ) यह देश में व्यापक रूप से समझी जाती है ।

28. लिपि का सही अर्थ निम्नलिखित में से कौन है ?
(क) लेखनी (ख) लिखने की कला
(ग) ध्वनि चिह्नों का लिखित रूप
(घ) वर्णमाला का लिखितरूप

29. इनमें से किस क्षेत्र में अवधी नहीं बोली जाती है ?
(क) वाराणसी (ख) लखनऊ
(ग) सीतापुर (घ) इलाहाबाद का कुछ भाग

30. इनमें से किस कारण से 'खड़ी बोली' नाम पड़ा ?
(क) इसे खड़े-खड़े सीखा जा सकता है ।
(ख) इसमें खरी-खेटी कहने की क्षमता है ।
(ग) इसमें खड़ी मात्रा का प्रयोग अधिक है ।
(घ) इसका ध्वनि-विन्यास कर्कश है ।

31. संविधान में हिन्दी को कौन-सा दर्जा दिया गया ?
(क) राष्ट्रभाषा (ख) आर्यभाषा
(ग) राजभाषा (घ) (क) और (ग)

32. नागरी लिपि का उद्भव किससे माना जाता है ?
(क) ब्रह्मा के मुख से निकली वाणी से
(ख) बाह्मी लिपि से (ग) द्रविड़ लिपि से
(घ) खरोष्ठी लिपि से

33. भोजपुरी बोली का केन्द्र किस स्थान को माना जाता है ?
(क) छपरा (ख) गोरखपुर
(ग) बलिया (घ) उपर्युक्त सभी

34. इनमें से भाषा का कौन-सा अर्थ सही है ?
(क) शब्द और वाक्यों का समूह
(ख) शब्दों का लिखित रूप

(ग) ध्वनियों का उच्चारण

(घ) मनोभावों को प्रकट करने वाला सांकेतिक शब्द समूह

35. देवनागरी लिपि के संदर्भ में इनमें से कौन-सा कथन असत्य है?

(क) एक ध्वनि के लिए एक ही लिपि चिह्न

(ख) पर्याप्त लिपि चिह्नों का न होना

(ग) लेखन में सरलता

(घ) इस लिपि में जैसा बोला जाता है, वैसा ही लिखा जाता है।

36. निम्नलिखित में से कौन-सा नाम देवनागरी लिपि के सुधार कार्य से सम्बद्ध नहीं है -

(क) काका कालेलकर (ख) जवाहर लाल नेहरू

(ग) महात्मा गाँधी (घ) विनोवा भावे

37. निम्नलिखित में से कौन हिन्दी के प्रचार-प्रसार से सम्बद्ध है ?

(क) ईसाईमिशनरी (ख) आर्य समाज

(ग) महात्मा गाँधी (घ) उपर्युक्त सभी

38. राजभाषा आयोग का स्थापना वर्ष निम्नलिखित में से कौन सही है?

(क) 17 जुलाई 1955 (ख) 10 जून 1956

(ग) 7 जून 1955 (घ) 10 जुलाई 1960

39. 'हिन्दुस्तानी' शब्द का प्रयोग निम्नलिखित में से किस भाषा के लिए होता था ?

(क) खड़ी बोली के लिए

(ख) हिन्दी-उर्दू मिश्रित भाषा के लिए

(ग) हिन्दी के लिए (घ) उपर्युक्त सभी के लिए

40. इनमें से कौन-सी बोली पश्चिमी हिन्दी की नहीं है ?

(क) हरियाणवी (ख) ब्रज

(ग) मगही (घ) कन्नौजी

41. निम्नलिखित में कौन-सा विषम संयोजन है -

(क) पश्चिमी हिन्दी - बज्र

(ख) पूर्वी हिन्दी - बघेली

(ग) राजस्थानी हिन्दी - मालवी

(घ) बिहारी हिन्दी - बुन्देली

42. 'निज भाषा उन्नति अहै, सब उन्नति को भूल' यह किस कवि की पंक्ति है?

(क) जयशंकर प्रसाद (ख) भारतेन्दु हरिश्चन्द्र

(ग) बालकृष्ण भट्ट (घ) मैथिली शरण गुप्त

43. निम्नलिखित में किसकी सहायता से व्यंजन का उच्चारण होता है?

(क) अनुनासिक (ख) विसर्ग

(ग) स्वर (घ) अनुस्वार

44. हिन्दी भाषा में वर्ण के कितने प्रकार है ?

(क) दो (ख) तीन

(ग) चार (घ) पाँच

45. वर्णमाला में 'मात्रा' का क्या अर्थ होता है ?

(क) वर्ण का क्रम (ख) ध्वनि का परिणाम

(ग) वर्ण के उच्चारण में लगने वाला समय

(घ) वर्ण की मात्राएँ

46. 'आँ' किस प्रकार का वर्ण है ?

(क) अनुनासिक (ख) अनुस्वार

(ग) विसर्ग (घ) इनमें से कोई नहीं

47. इ, ई - किस प्रकार का वर्ण है ?

(क) दन्तोष्ठ्य (ख) तालव्य

(ग) दन्त्थ (घ) कण्ठ्य

48. क्ष, त्र, ज्ञ - किस प्रकार के व्यंजन हैं ?

(क) स्पर्श व्यंजन (ख) संयुक्त व्यंजन

(ग) ऊष्म व्यजंन (घ) अन्तरस्थ व्यंजन

49. विसर्ग का प्रयोग किन शब्दों में होता है ?

(क) तद्भव (ख) तत्सम

(ग) देशज (घ) अनुनासिक

50. निम्नलिखित में 'अयोगवाह' किसे कहा गया है ?

(क) घोष (ख) संयुक्त व्यंजन

(ग) महाप्राण (घ) विसर्ग

❖❖❖

उत्तरमाला

1. – ग	14. – ग	27. – घ	39. – घ
2. – घ	15. – ग	28. – ग	40 – ग
3. – क	16. – ग	29. – क	41. – घ
4. – ख	17. – ग	30. – घ	42. – ख
5. – क	18. – ग	31. – ग	43. – ग
6. – क	19. – घ	32. – ख	44. – क
7. – क	20. – ग	33. – घ	45. – ग
8. – घ	21. – घ	34. – घ	46. – क
9. – घ	22. – घ	35. – ख	47. – ख
10. – क	23. – ग	36. – ख	48. – ख
11. – ख	24. – क	37. – घ	49. – ख
12. – क	25. – ख	38. – क	50. – घ
13. – घ	26. – ग		

10

आधार

आधार

भाषा:-

उच्चरित ध्वनि संकेतों की सहायता से भाव या विचार की पूर्ण अभिव्यक्ति जिसकी सहायता से मनुष्य परस्पर विचार-विनिमय या सहयोग करते हैं, उस यादृच्छिक रूढ़, ध्वनि संकेत की प्रणाली को भाषा कहते है ।

– आचार्य देवेन्द्रनाथ शर्मा

भाषा के अंग:-

ध्वनि, शब्द एवं वाक्य भाषा के अंग होते हैं ।

लिपि:-

ध्वनियों को अंकित करने के लिए कुछ चिह्न निर्धारित किए गए है, जिन्हें लिपि कहा जाता है ।

उपभाषा:-

बोली के जिस रूप का प्रयोग पढ़े लिखे लोगों द्वारा व्यापक रूप से किया जाता है, उसे उपभाषा कहते हैं ।

बोली:-

सीमित क्षेत्र में बोली जाने वाली भाषा बोली कहलाती है ।

उपभाषाएँ	बोलियाँ
पश्चिमी हिन्दी:-	ब्रजभाषा, खड़ी बोली, कन्नौजी, बांगरू, बुन्देली।
पूर्वी हिन्दी :-	अवधी, बघेली, छत्तीसगढ़ी ।
बिहारी हिन्दी :-	भोजपुरी, मैथिली, मगही ।
पहाड़ी हिन्दी:-	गढ़वाली, कुमायूँणी, नेपाली ।
राजस्थानी हिन्दी :-	मारवाड़ी, मेवाती, जयपुरी, मालवी ।

वर्णः-

भाषा की सबसे छोटी इकाई वर्ण है । हिन्दी में कुल 44 वर्ण है, जिनमें 11 स्वर और 33 व्यंजन हैं । अं और अः जो न स्वर हैं न व्यंजन इनमें शामिल हैं । इनके साथ वर्णो की कुल संख्या 46 है ।

वर्णमाला के अतिरिक्त व्यंजन :-

द्विगुण व्यंजन ड़ ढ़ ।   संयुक्त व्यंजन - क्ष, त्र, ज्ञ

स्वरः-

जो वर्ण बिना किसी दूसरे वर्ण की सहायता से (स्वतंत्र रूप से) बोले जाते हैं, स्वर कहलाते हैं ।

व्यंजनः-

वे वर्ण जो दूसरे वर्ण (स्वर) की सहायता से बोले जाते है, व्यंजन कहलाते है ।

राष्ट्रभाषाः-

वह भाषा राष्ट्रभाषा कहलाती है जो किसी देश के बहुसंख्यक लोगों द्वारा बोलने और लिखने में प्रयुक्त की जाती है । आज भारत में लगभग 60 करोड़ लोग हिन्दीभाषा का प्रयोग कर रहें है ।

मानक हिन्दीः-

व्याकरण और वर्तनी की दष्टि से शुद्ध भाषा, "मानक भाषा" कहलाती है । आज, पत्र-पत्रिकाओं, रेडियो, टी0 वी0-कार्यक्रमों, शिक्षा का माध्यम आदि के रूप में इसका प्रयोग होता है ।

हिन्दी भाषा का क्षेत्रः-

भारत के दस राज्यों की राजभाषा हिन्दी है । वे राज्य है, राजस्थान, हरियाणा, दिल्ली, उत्तरप्रदेश, उत्तरांचल, मध्यप्रदेश, बिहार, छत्तीसगढ़, झारखण्ड, और हिमाचल प्रदेश ।

विदेशों में हिन्दी भाषा के क्षेत्रः-

श्रीलंका, म्यांमार, नेपाल, मॉरीशस, फिजी, सूरीनाम इत्यादि देशों में भारतीय मूल के लोग विशेष रूप से हिन्दी भाषा का प्रयोग करते है ।

शब्द-भेद

(क) अर्थ के आधार पर -

(अ) सार्थक (ब) निरर्थक

(ख) प्रयोग के आधार पर -

(अ) विकारी शब्द (ब) अविकारी शब्द

विकारी शब्दः-

(1) संज्ञा (2) सर्वनाम

(3) क्रिया (4) क्रियाविशेषण

अविकारी शब्द :-

(1) सम्बन्ध बोधक (2) समुच्चय बोधक

(3) विस्मयादि बोधक (4) क्रिया विशेषण

(ग) व्युत्पत्ति के आधार पर :-

(1) रूढ़ (2) यौगिक (3) योगरूढ़

(घ) उत्पत्ति के आधार पर :-

(1) तत्सम (2) तद्भव

(3) देशज (4) विदेशज

संज्ञाः-

किसी वस्तु, व्यक्ति, स्थान, भाव अथवा प्राणी के नाम को संज्ञा कहते है ।

संज्ञा के भेदः-

(क) व्यक्तिवाचक (ख) जातिवाचक

(ग) भाववाचक (घ) समूहवाचक

(ङ) द्रव्यवाचक

व्यक्तिवाचक :-जिससे किसी व्यक्ति विशेष, स्थान विशेष या वस्तु विशेष का ज्ञान होता है ।

जातिवाचक :-जिससे किसी व्यक्ति, वस्तु या स्थान की सम्पूर्ण जाति का बोध होता है ।

भाववाचक :- जिससे किसी व्यक्ति, वस्तु या स्थान के गुण, धर्म, दशा, अवस्था आदि का ज्ञान होता है ।

समूहवाचक :- जिससे किसी समुदाय या समूह का बोध होता है।

द्रव्यवाचक :- जिससे किसी धातु, द्रव्य या तरल पदार्थ का बोध होता है।

लिंग:-

संज्ञा के जिस रूप से उसके स्त्री अथवा पुरुषजाति के होने का बो होता है, उसे लिंग कहते है ।

लिंग के भेद :- (क) पुल्लिंग (ख) स्त्रीलिंग

वचन:-

संज्ञा के जिस रूप से उसके एक अथवा एक से अधिक (अनेक) होने का बोध होता है उसे वचन कहते है ।

वचन के भेद:-

(क) एकबचन (ख) बहुबचन

एकवचन :- संज्ञा के जिस रूप से उसके एक होने अर्थात्, एक व्यक्ति, एक वस्तु अथवा एक पदार्थ का बोधा होता है, उसे एकवचन कहते है ।

बहुबचन :- संज्ञा के जिस रूप से उसके एक से अधिक होने अर्थात् अनेक व्यक्तियों, अनेक वस्तुओं अथवा अनेक पदार्थो का बोध होता है, उसे बहुबचन कहते है ।

कारक:-

शब्द के जिस रूप द्वारा संज्ञा अथवा सर्वनाम का संबंध वाक्य के अन्य शब्दों में जाना जाता है, कारक कहलाता है ।

कारक के भेद :-

(क) कर्त्ता (ख) कर्म (ग) करण

(घ) सम्प्रदान (ङ) अपादान (च) सम्बन्ध

(छ) अधिकरण (ज) सम्बोधन

सर्वनामः-

संज्ञा के स्थान पर प्रयुक्त किये जाने वाले शब्द सर्वनाम कहलाते हैं ।

सर्वनाम के भेदः-

(क) पुरुषवाचक सर्वनाम (ख) निश्चयवाचक सर्वनाम
(ग) अनिश्चयवाचक सर्वनाम (घ) सम्बन्धवाचक सर्वनाम
(ङ) प्रश्नवाचक सर्वनाम

विशेषणः-

संज्ञा अथवा सर्वनाम की विशेषता प्रकट करने वाले शब्द विशेषण कहलाते है ।

विशेष्यः-

विशेषण जिस शब्द की विशेषता बताते हैं उन्हें विशेष्य कहा जाता है ।

विशेषण के भेदः-

(क) गुणवाचक (ख) संख्यावाचक (ग) परिमाणवाचक
(ग) सार्वनामिक विशेषण

वाच्यः-

क्रिया के जिस रूप से यह पता चलता है कि वाक्य में कर्त्ता, कर्म अथवा भाव में से किसकी प्रधानता है तथा क्रिया के लिंग, वचन और पुरुष किसके अनुसार हैं वाच्य कहलाता है ।

वाच्य के भेद :-

(क) कर्तृवाच्य (ख) कर्मवाच्य (ग) भाववाच्य

कालः-

क्रिया का वह रूप जिससे किसी कार्य के होने के समय का पता चलता है, काल कहलाता है ।

काल के भेद :-

(क) वर्तमान काल (ख) भूतकाल (घ) भविष्यत्काल

वर्तमान काल के भेद :-

(क) सामान्य वर्तमान (ख) तात्कालिक या अपूर्ण वर्तमान
(ग) संदिग्ध वर्तमान (घ) पूर्ण वर्तमान
(ङ) संभाव्य वर्तमान

भूतकाल के भेद :-

(क) सामान्य भूत (ख) आसन्न भूत
(ग) अपूर्ण भूत (घ) पूर्ण भूत
(ङ) संदिग्ध भूत (च) हेतु हेतु मद्भूत

भविष्यत् काल के भेद :-

(क) सामान्य भविष्यत्
(ख) संभाव्य भविष्यत्
(ग) हेतु हेतु मद् भविष्यत

अव्ययः-

वे शब्द जिनमें लिंग, वचन, कारक, पुरुष, आदि के कारण विकार उत्पन्न नहीं होता, अव्यय कहलाते हैं ।

अव्यय के भेदः-

(क) क्रिया-विशेषण (ख) सम्बन्ध बोधक
(ग) समुच्चय बोधक (घ) विस्मयादि बोधक

क्रिया-विशेषण के भेदः-

(क) स्थानवाचक (ख) काल वाचक
(ग) परिमाणवाचक (घ) रीतिवाचक

समुच्चय बोधक के भेद :-

(क) समानाधिकरण (ख) व्यधिकरण

पर्यायवाची शब्द

समान अर्थ प्रकट करने वाले शब्दों को पर्यायवाची शब्द कहते हैं ।

विपरीतार्थ शब्दः-

जिस शब्द से किसी शब्द का उल्टा अर्थ निकलता है उसे विपरीतार्थक शब्द कहते हैं ।

समानार्थक शब्दः-

अनेक शब्द एक-दूसरे का पर्याय होते हुए भी पूर्ण नहीं होते है, उनके अर्थ में थोड़ा अन्तर होता है, ऐसे शब्दों को समानार्थक शब्द कहते हैं ।

अनेकार्थक शब्दः-

जिन शब्दों से एक से अधिक वस्तुओं का बोध होता है, उन्हें अनेकार्थक शब्द कहते हैं ।

तत्समः-

जो शब्द संस्कृत भाषा से ज्यो-के-त्यों बिना किसी परिवर्तन के हिन्दी में ले लिए गए है, तत्सम शब्द कहलाते हैं ।

तद्भवः-

संस्कृत के जो शब्द विकृत होकर हिन्दी में आए हैं, तद्भव कहलाता हैं ।

उपसर्गः-

ऐसे शब्दांश जो किसी शब्द के पूर्व जोड़े जाने पर उसके अर्थ को परिवर्तित कर देते हैं, उपसर्ग कहलाते हैं ।

प्रत्ययः-

वे वर्ण जो शब्दों के बाद जोड़े जाते है, और मूल शब्द के अर्थ में विशेषता ला देते हैं, प्रत्यय कहलाते हैं ।

संधिः-

दो समीपवर्ती वर्णो के पारस्परिक मेल से जो विकार (परिवर्तन) होता है, उसे संधि कहते है ।

संधि के भेद :-

(क) स्वर संधि (ख) व्यंजन संधि (ग) विसर्ग संधि

स्वर संधि के भेद :-

(क) दीर्ध (ख) गुण (ग) वृद्धि

(घ) यण् (ङ) अयादि

समास:-

दो अथवा दो से अधिक शब्दों के योग से जब एक नया शब्द बन जाता है तब उसे सामाजिक शब्द और उन शब्दों के योग को समास कहते है ।

समास के भेद :-

(क) अव्ययी भाव (ख) तत्पुरुष

(ग) कर्मधारय (घ) द्विगु

(ङ) द्वन्द्व (च) बहुब्रीहि

मुहावरा:-

ऐसा वाक्यांश जो समान्य अर्थ का बोध न कराकर किसी विलक्षण अर्थ की प्रतीति कराता है, मुहावरा कहलाता है ।

लोकोक्ति:-

वह उक्ति जो लोक (जन-जीवन) में प्रचलित होती है, लाकोक्ति कहलाती है ।

विराम चिह्न:-

जो चिह्न बोलते या पढ़ते समय रुकने का संकेत देते हैं, उन्हें विराम चिह्न कहते हैं ।

वर्तनी:-

किसी भी भाषा में शब्दों के हिज्जे को वर्तनी कही जाती है।

श्रुतिसम भिन्नार्थक शब्द:-

वे शब्द जो सुनने और उच्चारण करने में समान प्रतीत हों, लेकिन उनके अर्थ भिन्न-भिन्न हों, श्रुतिसम भिन्नार्थक शब्द कहलाते हैं ।

उक्तियाँ

"रमणीयार्थ प्रतिपादकः शब्दः काव्यम्"

– जगन्नाथ

"केशव कहि न जाइ का कहिए"

– तुलसीदास

"वसंत आ गया पर कोई उत्कण्ठा नहीं"

– हजारी प्रसाद द्विवेदी

"प्रभुजी तुम चन्दन हम पानी"

– रैदास

"पानी बिच मीन पियासी, मोहि सुनि-सुनि आवत हाँसी"

– कबीरदास

"लाज न लागत आपको दौरे आयहु साथ ।
धिक्-धिक् ऐसे प्रेम को कहा कहौं मैं नाथ ।।"

– (रत्नावली) तुलसीदास

"मसि कागद छुऔ नहीं कलम गही नहिं हाथ"

– कबीरदास

"तुम वहन कर सको जन मन में मेरे विचार ।
वाणी मेरी, चाहिए तुम्हे क्या अलंकार ।।"

– सुमित्रानन्द पंत

"परमात्मा की छाया आत्मा में पड़ने लगती है और आत्मा की छाया परमात्मा में, यही छायावाद है ।"

– राम कुमार वर्मा

"नई कविता में मुक्तिबोध की स्थिति वही है जो छायावाद में निराला की थी।"

– नामवर सिंह

"यह दीप अकेला स्नेह भरा"

– अज्ञेय

"कविता अपना वक्तव्य स्वयं देती है, कवि की वकालत उसके लिए जरूरी नहीं"

– सर्वेश्वर दयाल सक्सेना

"याद रखो/मुक्ति कभी अकेले नहीं मिलती यदि वह है तो सबके साथ है।"

– मुक्तिबोध

"दुःख सबको माँजता है।"

– अज्ञेय

"नई कविता सूक्ष्म के प्रति अति सूक्ष्म विद्रोह है।"

– रामविलास शर्मा

"सिंहासन खाली करो कि जनता आती है"

– दिनकर

"दुःख मेरे निकट जीवन का ऐसा काव्य है जो सारे संसार को एक सूत्र में बाँधे रखने की क्षमता रखता है ।"

– महादेवी वर्मा

"हम कौन थे, क्या हो गये हैं और क्या होंगे अभी"

– मैथिलीशरण गुप्त

"कौन करेजो नहिं कसकत सुनि विपत्ति बाल विधवन की"

– प्रताप नारायण मिश्र

"वे प्रचीन और नवीन का योग इस ढ़ंग से करते थे कि कहीं जोड़ नहीं जान पड़ता था।"

– रामचन्द्र शुक्ल

"आगे के कवि रीझिहैं तो कविताई, न तौ राधिका कन्हाई सुमिरन कौ बहानौ है।"

– भिखारी दास

"पुष्टिमार्ग को जहाज जात है से जाको कछु लेना होय सो लोउ'

– गोस्वामी विट्ठलनाथ

"कविता करके तुलसी न लसै, कविता लसी या तुलसी की कला ।"

- अयोध्या सिंह उपाध्याय

"अब लौं नसानी अब न नसैहों"

- तुलसीदास

"भाषा पर कबीर का जबर्दस्त अधिकार था, वे वाणी के डिक्टेटर थे"

- हजारी प्रसाद द्विवेदी

"संतौ आई ज्ञान की आँधी रे"

- कबीरदास

"अजगर करै न चाकरी पंछी करै न काज ।
दास मलूका कह गए सबके दाता राम ।।"

- मलूकदास

"भक्ति की निष्पत्ति श्रद्धा और प्रेम के योग से होती है।"

- रामचन्द्र शुक्ल

"मैं हिन्दुस्तान की तूती हूँ, अगर तुम वास्तव में मुझसे कुछ पूछना चाहते हो तो हिन्दवी में पूछो"

- अमीर खुसरो

"साहित्य प्रत्येक देश की जनता की चित्रवृति का संचित प्रतिबिम्ब है।"

- रामचन्द्र शुक्ल

"गोद लिए हुलसी फिरै, तुलसी सो सुत होय"

- रहीम

"भूषन बिनु न विराजई, कविता बनिता मित्त"

- केशव दास

"रावरे रूप की रीति अनूप नयौ नयौ लागत है ज्यौं ज्यौं निहारियै।"

- धनानन्द

❖❖❖

ज्ञातव्य एवं स्मरणीय

1. भारतेन्दु युग में 'खड़ी बोली' काव्य की प्रमुख भाषा थी ।
2. 'समस्या पूर्ति' भारतेन्दु युग की लोकप्रिय काव्य-शैली थी ।
3. भारतेन्दु हरिश्चन्द्र ने गोल्ड स्मिथ की काव्य-रचना का 'एकान्तवासी योगी' शीर्षक से काव्यानुवाद किया ।
4. 'भारत बारहमासा'-राधाकृष्ण दास की देशभक्ति पूर्ण रचना है।
5. 'आनन्दकादम्बिनी' मासिक पत्रिका के सम्पादक बद्रीनारायण मिश्र 'प्रेमधन' थे ।
6. श्रीधर पाठक द्विवेदी युग के कवि थे ।
7. 'कश्मीर सुषमा' श्रीधर पाठक की प्रसिद्ध रचना है ।
8. 'प्रबोधिनी' शीर्षक रचना में भारतेन्दु ने विदेशी वस्तुओं के वहिष्कार की प्रेरणा दी है ।
9. भारतेन्दु के समय में साहित्य का मुख्य केन्द्र 'काशी' था ।
10. भारतेन्दु हरिश्चन्द्र का निधन सन् 1885 ई0 को हुआ था ।
11. रीतिकाल में 'लक्षण ग्रंथ' से आशय काव्य-रचना के नियमों या लक्षणों को बताना है ।
12. उत्तर भारत में निर्गुण भक्ति के प्रचारक 'रामानन्द' थे ।
13. जायसी के विरह-वर्णन की विशेषता है-एकपक्षीय प्रेम का चित्रण ।
14. निर्गुण भक्ति काव्य में 'ज्ञान' तत्त्व की प्रधानता है ।
15. ईसवी सन् में 57 वर्ष जोड़ने पर सवंत् बनता है ।
16. कबीर की रचनाएँ 'बीजक' के नाम से संकलित हैं ।
17. संत कवियों ने नारी को 'माया' का प्रतीक माना है ।
18. सगुण भक्ति का मुख्य आधार श्री मद्भागवत है ।

19. भक्तिकाल का सर्वमान्य समय संवत् 1350 से 1700 है ।
20. भक्ति आन्दोलन का आरंभ दक्षिण भारत से हुआ ।
21. रासो काव्य का प्रधान रस 'वीर' है दूसरा मुख्य रस 'शृंगार' है।
22. आचार्य रामचन्द्र शुक्ल ने चनदबरदाई को हिन्दी का प्रथम महाकवि माना है ।
23. गोरखनाथ मत्स्येन्द्रनाथ के शिष्य थे ।
24. आदिकाल में खड़ी बोली को काव्य भाषा बनाने वाले प्रथम कवि अमीर खुसरो थे ।
25. 'स्वयंभू' को अपभ्रंश का वाल्मीकि कहा गया है ।
26. 'संदेश रासक' के रचनाकार अब्दुल रहमान थे ।
27. कबीर सिद्ध एवं नाथ कवियों से सबसे अधिक प्रभावित हुए ।
28. आदिकालीन हिन्दी साहित्य में राष्ट्रीय चेतना का अभाव है ।
29. हिन्दी साहित्य का सर्वप्रथम सुव्यवस्थित इतिहास लेखन का श्रेय रामचन्द्र शुक्ल को प्राप्त हुआ ।
30. वीरगाथा काल को आदिकाल नाम देने वाले हजारी प्रसाद द्विवेदी हैं।
31. हिन्दी साहित्य का इतिहास सर्वप्रथम 'गार्सा द तासी' ने लिखा।
32. 'भक्तिकाल' को हिन्दी साहित्य का स्वर्णयुग कहा जाता है ।
33. आदिकाल के साहित्य में 'रासो' का अर्थ वीर काव्य है ।
34. 'अमीर खुसरो' का वास्तविक नाम 'अब्दुल हसन' था ।
35. 'पुरानी हिन्दी 'चन्द्रधर शर्मा गुलेरी का दिया हुआ नाम है ।
36. राहुल सांकृत्यायन ने 'सरहपा' को हिन्दी का प्रथम कवि माना है ।
37. विद्यापति 'मैथिल कोकिल' के नाम से प्रसिद्ध हैं ।
38. केशवदास की रचना 'रामचन्द्रिका' को 'छन्दों का अजायबघर' कहा जाता है ।
39. 'बिहारी सतसई' रीतिकाल की सार्वधिक लोकप्रिय रचना है ।
40. रीतिकाल के सर्वश्रेष्ठ कवि बिहारी लाल का जन्म स्थान 'ग्वालियर' है।
41. रीतिकाल के संदर्भ में 'रीति' शब्द का अर्थ है - काव्य की विशिष्ट रचना पद्धति ।
42. कबीरदास का निधन 'मगहर' में हुआ था ।

43. 'मृगावती' के रचनाकार कुतुबन हैं ।
44. आचार्य रामचन्द्र शुक्ल को माना है।
57. अम्बिकादत्त व्यास को 'सुकवि' की उपाधि प्राप्त थी ।
58. द्विवेदी युग के कवि मैथिलीशरण गुप्त को राज्यसभा का सदस्य मनोनीत किया गया था ।
59. द्विवेदी युग के कवि 'मुकुटधर पाण्डेय' की रचनाओं में छायावाद का पूर्वाभास दिखाई पड़ता है ।
60. सन् 1903 से 1920 तक 'सरस्वती' पत्रिका के संपादक महावीर प्रसाद द्विवेदी थे ।
61. माखन लाल चतुर्वेदी को 'एक भारतीय आत्मा' कहा जाता है।
62. 'गिरजे का घन्टा' सुमित्रानंदन पंत की ल ने सूफी काव्य परम्परा का प्रथम कवि कुतुबन को माना है ।
45. 'चन्दायन' के रचनाकार मुल्ला दाऊद हैं ।
46. ज्ञानमार्गी और प्रेमामार्गी काव्य धाराएँ निर्गुण काव्य के अन्तर्गत हैं ।
47. आचार्य वल्लभाचार्य पुष्टिमार्गीय भक्ति के प्रवर्तक हैं ।
48. 'अष्टछाप' में आठ कवि थे । इनमें चार - सूरदास, कुम्भनदास, परमानन्द दास, कृष्णदास - वल्लभाचार्य के शिष्य थे । शेष चार - गोविन्द स्वामी, नन्ददास, छीतस्वामी, चतुर्भुजदास - विट्ठलनाथ के शिष्य थे ।
49. तुलसीदास की 'कवितावली' में अपने युग की परिस्थितियों का यथार्थ वर्णन मिलता है ।
50. अग्रदास रामभक्ति परम्परा में 'रसिक सम्प्रदाय' के प्रवर्तक हैं।
51. 'अष्टछाप' के कवियों का सम्बन्ध 'वल्लभ सम्प्रदाय' से है ।
52. कृष्णभक्ति-काव्य की भाषा 'ब्रज' है ।
53. रसखान का मूल नाम 'सैयद इब्राहिम' है ।
54. मीरबाई के गुरु का नाम 'रैदास' है ।
55. सूरदास के ग्रंथ 'सूरसागर' का आधार 'भागवत पुराण है ।
56. पं0 रामचन्द्र शुक्ल ने रीतिकाल का प्रवर्तक 'केशवदास'पहली कविता है ।
63. 'बेढ़व बनारसी' छायाबाद युग में हास्य-व्यंग्यकार के रूप में प्रसिद्ध थे।

64. आधुनिक कवियों में 'निराला' के नाम के आगे 'महाप्राण' जुड़ता है।
65. 'अज्ञेय' को प्रयोगवाद का प्रवर्तक माना जाता है ।
66. 'अज्ञेय' ने प्रयोगवादी कवियों को 'नई राहों का अन्वेषी कवि' कहा है।
67. सर्वेश्वर दयाल सक्सेना तीसरे सप्तक' से नयी कविता के प्रतिनिधि कवि हुए ।
68. आधुनिक कवियों में शोक गीत (सानेट्स) के लिए त्रिलोचन प्रसिद्ध हैं ।
69. प्रताप नारायण मिश्र 'ब्राह्मण' पत्रिका के संपादक थे ।
70. डॉ0 नगेन्द्र ने द्विवेदी युग को 'जागरण सुधार काल' कहा है ।
71. विचारात्मक निबन्धों में समास शैली का प्रयोग होता है ।
72. भावात्मक निबन्धों को 'गद्य-काव्य' कहा जाता है ।
73. निबन्ध का अर्थ है – निजीपन की छाप लिए किसी विषय पर सीमित आकार की गद्य-रचना ।
74. भावात्मक निबन्धों में तरंग व धारा शैली का प्रयोग होता है ।
75. रामविलास शर्मा प्रगतिवादी श्रेणी के निबन्धकार हैं ।
76. हिन्दी कहानी कला का पूर्ण विकास प्रेमचन्द युग से माना जाता है ।
77. 'सचेतन कहानी' आन्दोलन के प्रवर्तक महीप सिंह हैं ।
78. 'समानान्तर कहानी' आन्दोलन के प्रवर्तक कमलेश्वर हैं ।
79. वृन्दावन लाल वर्मा ऐतिहासिक उपन्यासकारों में सर्वप्रमुख हैं ।
80. भरतमुनि ने नाटक को 'पाँचवाँ वेद' माना है ।
81. 'धर्मवीर भारती' का 'अंधा युग' गीतिनाट्य विधा में रचित है।
82. डॉ० राम कुमार वर्मा ऐतिहासिक नाटक –लेखन के लिए प्रसिद्ध हैं ।
83. संस्मरण साहित्य के आरंभ होने में सरस्वती पत्रिका का ऐतिहासिक योगदान माना जाता है ।
84. 'अतीत के चलचित्र' रेखाचित्र विधा की रचना है ।
85. 'रेखाचित्र' विधा का उदय छायावाद युग से माना जाता है ।
86. हिन्दी में इन्टरव्यू विधा का सूत्रपात बनारसी दास चतुर्वेदी से माना जाता है ।
87. 'यात्रावृत' में देश-विदेश की यात्रा सम्बन्धी स्मृतियों की साहित्यक अभिव्यक्ति होती है ।

88. 'यात्रावृत्त' विधा का आरंभ भारतेन्दु युग से माना जाता है ।
89. साहित्य के पठन-पाठन से जो आनन्दानुभूति होती है, वही काव्य शास्त्र में 'रस' कहलाती है ।
90. हिन्दी खड़ी बोली गद्य का प्रचीनतम प्रमाण 'चन्द छन्द वर्णन की महिमा' रचना में मिलता है ।
91. 'देवकीनन्दन खत्री' की रचनाओं को पढ़ने के लिए लोगों ने हिन्दी सीखी।
92. संस्कृत के 'मेघदुत' काव्य का अनुवाद खड़ी बोली में राजा लक्ष्मण सिंह ने किया ।
93. प्रतापनारायण मिश्र ने 'हिन्दी, हिन्दू, हिन्दुस्तान' का नारा दिया था ।
94. हिन्दी का सर्वप्रथम दैनिक समाचार पत्र 'समाचार सुधावर्षण था।
95. मनोरंजन कहानी की आत्मा है ।
96. कथावस्तु और शिल्प की दृष्टि से हिन्दी का प्रथम उपन्यास ' परीक्षा गुरु' है ।
97. 'मैला आँचल' एक आंचलिक उपन्यास है ।
98. आचार्य कुन्तक ने 'वक्रोक्ति काव्य जीवितम्' कहकर वक्रोक्ति को ही काव्य की आत्मा स्वीकार किया ।
99. भट्ट लोल्लट का 'उत्पत्तिवाद' अलंकार का विवेचन करता है।
100. आचार्य शंकुक ने रस से सम्बन्धित अनुमतिवाद के सिद्धांत की स्थापना की ।
101. शृंगार रस के दो भेद है - (क) संयोग (ख) वियोग
102. स्थायी भाव को जगाने वाला कारक 'विभाव' है ।
103. शृंगार रस को 'रसराज' भी कहा गया है ।
104. आचार्य राम चन्द्र शुक्ल आधुनिक काल में रस सम्प्रदाय के प्रबल समर्थक हैं ।
105. रस सम्प्रदाय का विधिवत् विवेचन आचार्य विश्वनाथ ने किया है ।
106. किसी शब्द का मूल अर्थ जब विस्तृत क्षेत्र में अथवा व्यापक अर्थ में प्रयुक्त होने लगता है, तब उसको अर्थ-विस्तार कहते हैं।
107. देवनागरी लिपि का उद्‌भव भारत की प्राचीनतम ब्राह्मी लिपि से माना जाता है ।

108. 'पंजाब' राज्य की राजभाषा हिन्दी नहीं है ।

109. 'हिन्दी' शब्द की व्युत्पत्ति 'सिन्धु' से हुई है ।

110. संविधान में हिन्दी को 'राजभाषा' का दर्जा प्राप्त है ।

111. देवनागरी लिपि अक्षरात्मक लिपि है ।

112. भारत के पड़ोसी देश नेपाल में देवनागरी लिपि का प्रयोग प्रमुखता से होता है ।

113. 'संज्ञा' के पाँच भेद है ।

114. 'सर्वनाम' के छः भेद है ।

115. अवस्था उम्र का वह भाग है जो बीत चुका है जबकि आयु का तात्पर्य जीवन से मुत्यु तक कुल उम्र से होता है ।

116. विलोम शब्द लिखते समय परस्पर अर्थ-संगति का ध्यान रखना चाहिए। शब्द यदि तत्सम है तो उसका विलोम भी तत्सम शब्द का ही होना चाहिए ।

117. मुहावरे में शब्द का नहीं बल्कि उसके भाव का अर्थ ही ग्रहण किया जाता है ।

118. मुहावरे छोटे होते है, लेकिन उनकी भावाभिव्यंजना बहुत सूक्ष्म और गहरी होती है ।

119. लोकोक्ति या कहावत समाज के गहरे अनुभव-ज्ञान से उत्पन्न भाव-रत्न हैं, जिनकी अर्थ वत्ता और उपयोगिता कभी समाप्त नहीं होती ।

120. अपने मूल रूप में प्रयोग होने पर ही लोकोक्ति का अर्थ स्पष्ट होता है ।